昼行灯闲话

晝行燈閑話

李长声 著

译林出版社

图书在版编目(CIP)数据

昼行灯闲话 / 李长声著，—南京：译林出版社，2015.8
ISBN 978-7-5447-5409-5

Ⅰ. ①昼… Ⅱ. ①李… Ⅲ. ①散文集-中国-当代 Ⅳ. ①I267

中国版本图书馆CIP数据核字（2015）第060845号

书　　名	昼行灯闲话
作　　者	李长声
责任编辑	王　玥
封面设计	韦　枫
书名题字	遇书房
出版发行	凤凰出版传媒股份有限公司 译林出版社
出版社地址	南京市湖南路1号A楼，邮编：210009
电子邮箱	yilin@yilin.com
出版社网址	http://www.yilin.com
经　　销	凤凰出版传媒股份有限公司
印　　刷	南京爱德印刷有限公司
开　　本	850毫米×1168毫米　1/32
印　　张	9.125
插　　页	4
字　　数	124千
版　　次	2015年8月第1版　2015年8月第1次印刷
书　　号	ISBN 978-7-5447-5409-5
定　　价	48.00元

译林版图书若有印装错误可向出版社调换
（电话：025-83658316）

李长才

序
闲话昼行灯

我是个随波逐流的人。属牛，生在民国，长在共和国，大半辈子作牛尾。大家下乡我下乡，大家出国我出国，大家得糖尿病我也跟着得。像我这种人大都爱说说闲话，多年来在海峡两岸出版过几个集子，叫《四帖半闲话》《居酒屋闲话》《四方山闲话》《风来坊闲话》《日和见闲话》，统统是"闲话"。闲话，无济于"世"，于事无补。即便自己很当回事的话，别人听来也像是扯淡，用日本话来说，那是"昼行灯"。宋代韩维有诗：月上朱楼角，风摇翠篠层。传声回步辇，满目烂行灯。本来用于夜行照路的"行灯"被日本人拿来，渐渐置于室内，后来把携行的灯笼叫"提灯"。而今东游，特别是卧榻和式旅馆，常见这行灯，不过，里面亮的是电灯泡，为日本而日本。至于"昼行灯"，大白天的灯笼，没用处，可笑的不是灯笼，而是打灯笼的人。

我随出国潮东渡是上世纪八十年代末，日本年号还叫着“昭和”。为时不久，朝未改而代换，一晃儿“平成”也过去二十六年。算一算抗战都胜利三回有余，但是如我者，无非生出些虚无罢了。一般说随波逐流的人从众，可能就拒绝孤独，可我喜欢孤独，在孤独中发现自己，认识自己，也只有在孤独的天地里唯我独尊，才敢于做一点自己想做、爱做的事，乃至没工夫寂寞。所以，孤独地写下这些字，虽然是闲话，却不是为排遣寂寞或打发余暇。不过，一年勉强写十来万字，太少了点儿，人生好似跟时间做交易，又亏了。

住得久，况且讨生活，不每事问也多少知道日本这梨子的滋味。好付诸文字，应该是中华文明的最优良传统之一。积以时日，再三地祸枣灾梨，甚至被戴上“知日”的大帽子，简直像压在了五行山下（小时候歪想：佛祖将五指化作金、木、水、火、土五座联山，唤名“五行山”，把孙猴子压住，那佛祖不就少了五根指头吗），要榨出的何止是“小”。日本不好写，中国人写日本更容易露怯，往往就怯在中国知识上，尤其过去的，1966年以往，1949年以往，1919年以往，1644年以往。譬如我第一次见识行灯这玩意儿，搁在榻榻米上，虽然已不是熬油的，却异常昏暗，很有点友邦惊诧，后来认知它来自中国，甚至还有了点不屑，但现今的我只当它是日本的了。

日本，大概除了四岛不是从西边搬来的，几乎什么都扯得上大陆。中国人写日本的得意之处就是翻老账，好像都挺有知识。非把日本按进中国文化的大染缸里，怎么能活脱出一个日本来呢？固不能免俗，但老实说，我贩卖的知识都是二手货。中国人观察日本大抵不由自主地关注文化或风俗，黄遵宪作为中国人最先仔细地考察明治维新，用素朴的文化人类学给日本的文化及民族追根溯源，但从他《日本杂事诗》来看，也不例外。近代以来人们更关心政治、经济，这却是西方人的擅场。中国人的思维习惯和表达方式是诗歌的、随笔的，往往只有点睛似的论点，缺少一波三折的论述。远来和尚会念经，而且被长篇小说、长篇论著的西方叙事方式洗了脑，我们早已不大把驻日参赞四年的黄遵宪的诗、留学日本六年的周作人的随笔那种好像很率性、很即兴的东西看在眼里，他们的卓识倒像是被传统文学性给毁了。或许更主要的原因在于人为（某些人所为）的历史，但只把《菊与刀》这样的西方人著书奉为圭臬，终归是读书的狭隘，如今太多伪读书人。周作人写日本的时候日本还没有语源类词典，这半个多世纪以来，辨其名物的词典图书多如牛毛，随手翻翻就可以把某事某物写得头头是道，可点睛似乎应在于辨今。

随波逐流者没有思辨力。我之于日本，爱不如哈日，憎不如愤青，却有点越来越想说它坏话了。不是对日本看法有变，而是被一些人对日本的恭维惹烦了。看了几本漫画，逛了一趟银座，就爱得要死，甚至好些留学日本、在日本谋生的人也同样浮浅。当然,浮浅地过日子没问题，你过你的，可能很容易幸福，但还要上网，还要作文出书，以所谓亲历招摇，那可就坑爹。再一个是厌恶一些人打鬼借助钟馗，为了他所反对的，故意把日本捧上天，疤瘌也艳若桃花。明治维新了不起，但不至于像他们论说的那么了不起，满清坏也未必像他们驱除的那样一无是处。为自己的主义主张说假话，这种人得势也不会有你什么好处，难道没领教够吗？世上最可怕的是爱与正义，以爱或正义的名义无所不为。这种公理似的意义不明的词语最可怕。陀思妥耶夫斯基说：对人类的爱也不过是自己在心中制造的人类爱，终归无非对自己的爱。人甚至爱邻人都很难。中国越来越强大，这是中国自己的事，日本人看着害怕，这是他们自己的事，想让他们理解中国没威胁是难乎其难的。日本有一本书，叫《傻壁》，曾风行一时。它就讲，人与人根本不可能互相理解，彼此把不可理解的对方当傻瓜。此书畅销四百余万册，可知日本人认同此观点。那么，我们也不要指望理解日本人，知道就行了。

有人说，做梦说日语，表明他日语达到了精通的境地，这未免像笑话，因为梦见狼，还可能发狼嚎呢。我的日语远未到说梦话的程度，中国知识也未经系统训练，而且与好些同代人一样，很多的知识是得自文革岁月。例如“树欲静而风不止”，从来见它在火药味十足的文章里，当知道下一句“子欲养而亲不待”时，家父病故了，我后悔没能早些年回乡戏彩。但看看周围，结果我至今仍滞留海外。对生活感到满意，则无悔来路，因为是沿着这条路走到今天的。老之已至，又适有归国潮，叶落归根，胡不归？

补记：祖慈兄为本书作跋，揭我“老底”，读罢感慨系之矣，打油为谢：

华章犹记我初心，却愧无成一事今。

伏枥莫谈千里志，加鞭驽马也骎骎。

目次

缘廊的妙趣

小时候睡过榻榻米，但不是铺在地上，而是当了床垫子。那是在长春，光复也好多年了。如今的年轻人，不论日本的还是中国的，都不大知道长春还叫过新京，曾经是满洲国的京城，日本人的乐土。不过，那垫子就是榻榻米，却是在年将不惑东渡，住进日式房间，一股子霉味儿呛鼻，才恍然大悟的。

铺满榻榻米，进屋即"上床"，大概可算是日式房屋最基本的元素。起初榻榻米并不是铺满房间，如京都御所清凉殿，地板上只放有一块厚榻榻米，那是天皇的"玉座"。后来把铺满榻榻米的房间叫"座敷"。乡下普及榻榻米是明治维新以后的事了，历史也就百余年。日式事物在城里日见其少，没睡过榻榻米长大的人越来越多。所谓传统，总是由落后于时代的乡下替城里保持着。

温泉旅馆一般是日式。风尘仆仆，一到了旅馆，脱下鞋，踏上榻榻米，脚底板顿感舒坦。泡过温泉，穿浴衣坐在沙发上，窗外或是山，或是海，暮色渐浓，更觉神怡。落座的这部分空间叫“缘侧”，多译作缘廊。它是檐下走廊，里侧是“座敷”，外侧是园地。旅馆的缘廊当然被间断，大都封闭在房间里。缘廊类似中国建筑的檐廊，亦即谢灵运“望步檐而周流，眺幽闺之清阴”的步檐。不同之处是缘廊铺地板，用处也就大不同。缘廊与“座敷”以纸屏相隔，不仅是过道，拉开纸屏便用作出入口，搬进钢琴之类的大件也不愁通不过“玄关”。办红白喜事，缘廊又充当正门，和尚、神官、胥吏等由此登堂入室，新娘从这里进，尸棺从这里出。有的地方当作日常出入口，也有的地方因它出棺而忌讳日常之用。

最妙的是缘廊还可以坐，炎暑纳凉，中秋赏月，冬季像懒猫一样曝日，胜似大陆北方农村蹲墙根。秋风起，有人说真想坐在缘廊吃西瓜。那该是孩提时代的快乐，使劲儿吐出瓜子，看它落向土地。山口百惠在《秋樱》中唱道：妈妈坐在缘廊上翻开相册，又一遍讲述我小时候的回忆。缘廊和井边（日语写“井户端”）往昔是人际交流的两大场所。路过邻家，无须脱鞋进屋，在缘廊边垂足而坐，聊几句田中家长铃木家短，其乐融融。

日式房屋没有坚固的四壁和固定的间隔，纸屏是墙，也是门和窗，似隔非隔，几无隐私可言。秘密谈话不是关起门来，反而大敞四开，窃听者无处藏身。现代的隔音意识是受了西方生活及文化的影响，于是丧失了传统。夏日里游玩，住在农家院，各处纸屏全敞开，房屋好似只剩下木架，恍如置身于野地，八面来风，通体清爽，不禁叫一声快哉。檐下挂着风铃，中国古代叫檐马，叮当作响，更觉得凉风习习。想起了一句古诗：自从环佩无消息，檐马丁东不忍听。呵呵。

古时候普通农家没有缘廊，江户时代甚至有地方视之为奢侈而予以禁止。缘廊具有多功能，也是做一些活计的场所。檐卜悬挂，廊上堆积，譬如萝卜或鲑鱼，现今仍然是农家或渔户丰收的一景。缘廊本来是生活样式的实用性部分，渐渐也具有审美功能。剧作家木下顺二说：日本人的思考方式中好像有喜好把界线弄暧昧的侧面，现象之一即缘廊这个一半内一半外的场所。诚然，缘廊既不是屋里，也不是屋外，显现了日本人特有的暧昧。中国的檐廊断然在屋外，而缘廊暧昧，仿佛是人工环境与自然的衔接与过渡。

自从被美国占领，日本人的生活方式大变，以致说日式，前面要加个“纯”字，纯日式才可能是地道的传统风格或样式。城市里寸土寸金，为使室内面积更大些，把出檐缩进去，更无余地设缘廊。于是乎日剧里缘廊多起来，在那里谈情说爱。如今要体会缘廊之趣，恐怕只好去乡下，或者去京都。京都的“町家”（市坊人家）是老屋，探头往里看，甬道深深深几许，想来那屋里是阴翳的。实际上四面房屋，当中有庭园，起到了采光、通风的作用。缘廊临园，园里栽种些低矮的观赏植物，若铺上白砂，更显得亮堂。但是以町家为代表的京都景观及传统生活方式也正在消失，前年（2010年）甚至被致力于保存建筑物及文化遗产的世界遗产基金会（WMF）列入了危机遗产名单。

游到京都龙安寺，欣赏枯山水，就是坐在缘廊上。

桃太郎

桃，从中国传入日本。

日本第一部正史《日本书纪》里有这样的神话故事：

开天辟地，神世第七代是一对神，男的叫伊奘诺，女的叫伊奘冉，天神教给他们正确的做爱方法，这才一块一块生下“大八洲”，即日本列岛。伊奘冉又接着生各种神，生火神时烫伤了阴户，一命呜呼。男神伊奘诺找他妹找到黄泉国，要接她回家。伊奘冉已经吃了黄泉食物，说：你不要看我哦。言讫不见。神也像人一样有偷窥欲，伊奘诺举火一看，伊奘冉流脓生蛆，上面还趴着八个雷公。吓得他转身奔逃，雷公等起来紧追。路边有一株大桃树，伊奘诺就躲到树下，摘桃子投掷，雷公们败退。书中写道：“此用桃避鬼之缘也”。伊奘诺洗去黄泉国的污秽时，从左眼生出天照大神，女。她就是天皇家祖神。

不过，关于桃子，日本人更熟知的是民间故事桃太郎，像我们中国人熟知孙猴子监守自盗，偷吃王母娘娘的蟠桃一样。这故事里也有猴：

很久很久以前，有个地方住着老爷爷和老奶奶。老爷爷上山砍柴，老奶奶在河边洗洗涮涮，河上流过来一个大桃子。拿回家剖开，从里面跳出一个小男孩。老两口大喜，取名桃太郎。他很快就长大了，听说有鬼欺负村人，他要去惩治。老奶奶给他做了黍饭团。路上遇见狗，给它一个黍饭团就当了走狗。又遇见猴子和野鸡，得到黍饭团都跟着去征伐鬼岛。鬼们从村里偷来财宝，正大摆宴席。桃太郎发一声喊，挥舞大刀。狗咬屁股，猴抓后背，鸡啄眼睛，鬼大败，头领喊饶命。桃太郎把财宝装车凯旋，一家三口过上了幸福生活。

曲亭马琴（1767—1848）是江户时代后期的读本作家，有文字以来破天荒基本靠稿费过活。他为童蒙编辑民间故事，头一篇就是桃太郎，此外有开花爷爷、切舌雀、猴子和螃蟹、喀嚓喀嚓山。这五篇故事被定为日本五大民间故事，但流传民间，各地的内容不尽相同。早年间都是说老奶奶吃了桃子，返老回春，生下孩子桃太郎。莫非因为听众渐渐由大人变为孩子，民间故事变成了童话故事，后来就都讲河上流来一个桃子，掰开来，里面有个小男孩。

带头说桃太郎坏话的是福泽谕吉。1871年（明治四年），他三十六岁，每天早饭后把八岁的长子和六岁的次子叫到书房，用毛笔写一条家训给他们学习，名为《日日之教》（福泽死了五年之后被长子发表）。福泽一语道破："桃太郎去鬼岛是为了夺宝，太不像话罢？宝是鬼珍藏的，宝的物主是鬼。无缘无故去夺取物主所拥有的宝，可说是强盗，桃太郎是坏蛋。如果那鬼是坏蛋，加害于世间，桃太郎勇敢地予以惩处，那倒是不错。但夺了宝回家，给老爷爷、老奶奶，这只是满足欲望的行为，卑劣之至。"

福泽谕吉教子的时候正在写《劝学》，启蒙日本人，譬如："基于天道，顺乎人情，不妨碍他人而达至一身之自由。自由与为所欲为的界线在妨碍与不妨碍他人之间。"他指出桃太郎问题所在是夺宝没理由，或许受他点醒，后来桃太郎被改来改去，都是在师出有名上做文章。

1887年（明治二十年）桃太郎进入小学课本，日本人心目中逐渐树立了一个标准的桃太郎形象。1894年（明治二十七年）日本向大清开战，斗志昂扬，童话作家岩谷小波等整理《日本民间故事》，桃太郎征伐具有了明确的目的：其鬼心邪，不顺从我皇神的皇化，却对此芦原国（日本）为寇，吞噬苍生，夺取宝物。“有个地方”的桃太郎变身为日本国英雄，他率领的狗、猴、鸡是“皇军”了。那时桃太郎被画成这副模样：身穿铠甲，外罩无袖长衫；头缠抹额，当中一个红太阳，或者画个桃；持一杆幡，写着日本第一，不知是老奶奶给他做的军粮——黍饭团日本第一，还是他桃太郎日本第一。

芥川龙之介是小说家，大阪每日新闻社请他当特派员，1921年（大正十年）从春到夏考察中国一百二十多天，回国后在报纸上发表《上海游记》《江南游记》。后来又加上《北京日记抄》等，合集为《中国游记》，序言中写道：“无疑，我的新闻记者式才能在这些通讯里也像闪电一样——至少像舞台上的闪电一样闪现。”

在上海采访章炳麟。我们的太炎先生对他说：“我最厌恶的日本人是征伐鬼岛的桃太郎，对喜爱桃太郎的日本国民也不能不多少抱有反感。”

芥川后来说："我时常听外国人嘲笑山县公爵、赞扬葛饰北斋、痛骂涩泽子爵，但还没听过哪个日本通也像章太炎先生这样给从桃子中生出来的桃太郎一箭。不仅于此，这位先生的一箭远远比所有日本通的雄辩含有真理。"那真理是什么呢？三年后（1924年）芥川写了一篇小说《桃太郎》。他笔下的鬼爱好和平，而桃太郎"给了没有罪的鬼建国以来从未有过的恐惧"：

"从桃子出生的桃太郎下决心征伐鬼岛。为什么下决心呢？因为他不愿像老爷爷、老奶奶那样去山啦河啦田地啦干活。"

鬼住在远海的孤岛上，"椰树耸立，极乐鸟鸣啭，好一片天然的乐土"。鬼的妻女织布酿酒，跟我们人的妻女一模一样地安然度日，可是，桃太郎打来了。他一手持桃旗，一手起劲儿挥动画了一个红太阳的扇子，号令狗、猴、鸡发现一个杀一个，把鬼统统杀光。狗咬死年轻的鬼，鸡啄杀鬼孩子，猴把鬼姑娘先凌辱再扼杀。桃太郎命鬼酋献上全部财宝，还要交出孩子当人质，饶他不死。

"但是桃太郎未必就幸福度过一辈子。"当人质的鬼孩子长大成人，咬死了看守的野鸡，逃回鬼岛。鬼经常越海来袭击，烧了桃太郎的房子，猴子也被杀了。桃太郎叹息：鬼竟然这么耿耿于怀，忘了我的不杀之恩。

我们读芥川桃太郎总会有一种历史现实感。大正时代有大正浪漫之称，但芥川是现实的，而且预见了今后的现实。他“漠然不安”，两年后仰毒自杀，日本的狗、猴、鸡们被军国主义桃太郎带入了战争。

桃太郎故事太简单朴素，容易被涂改，被用作宣传或教化的工具。大正年间儿童文学的童心主义把桃太郎美化成天真烂漫的孩子，而无产阶级儿童文学的孩子也具有阶级性，桃太郎用每人半个黍饭团雇用狗、猴、鸡，分财宝之际狗、鸡、猴宣布：我们劳动所得都是我们的。第二次世界大战期间桃太郎的故事彻头彻尾被军国主义利用，鬼是美、英，日本是保卫世界的桃太郎。改编动画片，桃太郎驾飞机或潜艇跟盟军作战。到底不顶用，战败了，美国占领军也认为桃太郎“不像话”，一度禁止。作为侵略者，桃太郎从课本上消失。儿童文学出版家松居直在自传中写道：“我不讨厌美国，但不管美国人说什么，我认为‘桃太郎’是日本代表性传承文学。”桃太郎复出，有的被改编成这样：鬼主动拿出财宝，说：送给你当礼物。桃太郎说：谢谢，不要再干坏事哟，我还会来玩，撒哟娜啦。

与时俱进，哪里的民间故事都不再是民间的了。作为给孩子讲或看的故事，如今又有了抹去桃太郎的暴力，改为用对话来解决的。这固然不错，但比起故事来，或许现实中的对话行动对孩子更富有教育作用罢。

活吃龙虾

龙虾上桌，贵客停杯投箸。何故？四菜一汤，哪怕它一盘珍馐值万钱也符合规定，但不能食，因为那虾是活的，古人云：见其生不忍见其死，闻其声不忍食其肉。活着吃，虾“眼珠子滴溜溜转，放射出可怜的光”，“折射出我们这个民族的阴暗、残忍的心理”（见网上流传）。不过，菜名叫“龙虾刺身”，刺身者，日本话也，所以这吃法大概从日本引进。日本把日本菜叫“料理”，现如今我们也跟着叫，鱼生不叫鱼生更不叫脍而是叫“刺身”。还有叫它“日料”的，哈日之态可掬。日本料理这种词，还有日本画、日本纸什么的，都是明治年间搞文明开化即改革开放引进西洋事物时制造的，以示日本所固有，也就是江户时代以前已有之，虽然基本都来自中国。相对于“洋食”，也叫作“和食”。和食难以定义，总之是日本人做的、日本吃的饭菜罢。不久前（2013 年 11 月），和食被列为联合国教科文组织非物质文化遗产。

也就在这时，一批活乌贼空运到东京。乌贼受惊吐墨活不长，北海道的函馆有人想出个办法：密封在塑料袋里，一袋一乌贼，有水有空气，可经受长途运输。凌迟一般切成丝，再摆回原形，腕蠕动着，在银座的酒馆里年轻女人也大快朵颐。据说世界捕获的乌贼一半都进了日本人胃袋。函馆人谈抱负，还打算生猛地输出到台湾和香港，大东亚共享。没有说入欧，可能是顾及欧洲人早就非议他们的生吞活剥。日本政府向世界推广和食，开列了怀石、寿司、天麸罗、鳗、烧鸟等，却不提和食的头号代表刺身，莫非怕招惹是非。捕鲸吃鲸也是和食的传统。

我爱吃日本菜，尤其再配以日本酒，乐见它成为文化遗产，但对于推荐的几条理由却不大以为然。其一是“食材多样而新鲜，保持其原味”，可日本大部分食材靠进口，自诩多样似不免可笑，更何况食在广东，食材利用之多，以至带翅儿的不吃飞机，带腿儿的不吃桌子，世界上首屈一指。至于新鲜，猴子也知道挑新鲜吃，难算人类超动物的文化。即便当一种理念，也属于普世的罢。我们说尝鲜，日本叫作“旬”，也就是旺季、应时。日本战败后经济初见起色时有个很走红的社会评论家叫花森安治，写过一篇杂文《不吃日本菜的日本人》，说鲕鱼鲐鱼最肥时上不了高级菜馆的菜谱，厨师用的是不合季节的鲷鱼鲆鱼，还有冬天的竹笋、春天的茄子、夏天的松蕈。物以稀为贵，像小说里写的明朝那些事，寒冬腊月卖黄瓜，顶花带刺，一根要二两银子。一窝蜂上市的东西不值钱，那就是小小老百姓的吃食了。美食家、陶艺家鲁山人说过："要诀是一切材料都不要破坏固有的味道。若能做到这一点，他就是俯仰无愧于天地的厨师。"保持原味即美味，而原味是农家的杰作，并非厨师的本领。中国菜是综合艺术，味道是加工出来的，凭着人定胜天的劲头儿，非把天然的东西做出不天然的味道不可。不煎炒烹炸焖熘爆炝，功夫就只有下在造型上，以至有日本菜中看不中吃之说。饮食的第一要义在于吃，摆盘也好，器具也好，形色须有助于好吃，以致享乐。吃过一次寿司，用的是鲁山人烧制的陶器，价钱贵出两三倍，喧宾夺主，不如径去看陶器展览好了。

日本人生活及审美比较有季节感，这是四季分明的自然环境养成的。也因为是岛国，四面八方都是海，海里鱼有汛，初夏鲣鱼冬鰤鱼，捞来什么吃什么。但冷冻技术发达，鱼的“旬”随之错乱，金枪鱼三文鱼四季不断吃。温室栽培，长年如“旬”。屋里有空调，酷暑也可以大吃火锅。俳句这种短诗描写四季的自然及人事，格律之一是使用“季语”以表现季节，现代季语有五千多，恐怕季节也就不分明了。

日本饮食文化完全在中国影响下发展起来的。稻作远古从大陆传入，17 世纪以后普遍用水车为动力，吃上了精磨的白米饭，面食逐渐吃开来。僧侣往来，自 13 世纪后半的一百年间从中国渡海而来的禅僧有案可查的就有三十来名，他们带来了禅宗的“精进料理”（素菜），构成日本饮食以蔬菜豆类为主的基础。茶道把精进料理改造成“怀石料理”，讲究形式，创出和食的审美。餐馆去掉怀石料理当中的饮茶环节及内容，以酒为乐，演变为“会食料理”。这类料理也就是我们说的席。饮食出自禅院，总好像带有禅味。

还有一条理由是“吃食与逢年过节相关”，想来世界上这种相关没有能密切过中国的，一年到头吃得有说道，元宵、粽子、月饼，腊八粥、长寿面，再穷过年也要吃饺子。一部中国史，好像唯有吃是自由的，虽然也是用其他的不自由换来的。相比之下，675年天武天皇颁布肉食禁令，1871年明治天皇带头吃猪吃牛，吃什么几乎一向由当权者规定，并非民众的创造。不许吃四条腿，只好大吃没腿的鱼（包括鲸），吃鱼的习俗也不全是岛国的缘故。一菜一汤（另外有咸菜）是当权者为节俭而强加给庶民的生活方式，甚至有的诸侯国连“一菜”也严加禁止。

一个人，一个民族，似乎最难改变的是饮食，这主要与风土有关，习性倒在其次。任何民族的菜肴到了别国，都会与当地的口味及食材相结合而变味，变得不正宗或者不地道，难保纯粹性。和食多生冷，从中医来看，不符合养生之道。中国烹饪用佐料多，只要那佐料是天然的，医食同源，未必是坏事。日本把菜刀叫“庖丁”，所谓工欲善其事必先利其器，切刺身未见刀功多么了不得，但据说那种刀锋利，不破坏细胞，把原汁封闭在鱼片里，吃起来鲜美。日本菜大致有三种味道：盐味、酱味、鲜味。他们的鲜几乎是生的同义语，我们叫没味儿。日本有各种道，茶道柔道武士道，唯独没有味道。民以食为天，我们中国人就最讲味道。

粹

东京隅田川边上建起一座自立式电波塔，高 634 米，超过广州电视塔，成为世界第一高。大白天望去确然有横空出世之感，四周的老街区更显得低矮陈旧，不论设计者怎么说它融入旧风景，也像是恐龙立鸡群。日本有一句谚语：女人在笠下看，远处看，夜里看，什么人眼里都能出西施。果然，万物被夜色尽掩，唯塔身通明，真的很好看。

灯光照明有两色，一夜映紫一夜蓝，交替演出。紫，叫作“江户紫”，仿佛给塔身披一件和服，表现的是“雅”；蓝是隅田川一江春水的蓝，表现“粹”。

江户时代（1603—1867）可算是天下太平，士农工商，武士是领导阶级，重视形式与礼仪，而农工商为庶民。

居住在市镇上的一部分工商先富起来，追求享乐，活得很现世。也想像朝廷贵族或幕府武士那样活，执掌国柄的幕府就颁布禁止奢侈令，不许庶民穿红戴紫，只能穿不惹眼的茶、黑、灰。当时染色业勃兴，染出来各种颜色，超过三百种，简直像一场颜色大众化运动。民众所憧憬的美的典型是妓女们的服饰，当红艺人和高档妓女引领流行色。颜色命名多是用植物，也有用人名。譬如“路考茶”，取自歌舞伎男旦“路考”，浮世绘师铃木春信也常用来画美女衣裳，不仅流行于江户，也波及京阪（京都大阪）。有人嘲笑这种发黄的暗褐色像马粪。还有用地名，如江户紫，用神田川的水染成，是江户的一个骄傲。所谓“四十八茶一百鼠”，全部颜色中三分之一属于茶色和鼠色。庶民衣裳的粹，极致是黑，次之为茶色（褐色）系，以及鼠色（灰色）系。这些颜色也产生一种“涩味”，电影里的高仓健就总是一脸的这种苦涩。

如同“物之哀”、“寂”等，粹也是日本的审美意识之一。这些词语看似明白，却早已被彻底诠释成日本文化的了，中国人有时最不解或误解日本，往往就由于望文生义。喜田川守贞的《近世风物志》记载：京阪把坊间赶时髦叫做“粹”，其人称粹者；江户叫意气，其人名通人。拿花打比方，牡丹艳丽，樱花优美，粋与意气是梅花，而京阪的粋为红梅，江户的意气为白梅。就是说，意气比粋淡泊利落。粋、通、意气，三个词同义。18世纪过半，京阪文化式微，江户变成文艺中心，也叫起粋来，表示一种庶民的美感。

粋源于烟花巷。所谓通，是玩家通晓烟花巷的习俗、教养，意气则是艺伎及妓女不拘旧规，为人飒爽，譬如江户的深川艺伎，脸上淡妆，脚上不袜，艺名、说话像男人，意气风发。烟花巷和戏剧舞台培养、磨砺了美感，逛不起妓院、进不起戏院的人借助浮世绘和通俗小说赶时髦。游乐的趣味在庶民生活中逐渐形成粋这一特殊的美的生活理念，会玩，老于世故，通晓人情的机微。我们总觉得日本人色了吧唧，那就是他们露出了文化底色。

哲学家九鬼周造有一本《“粋”的结构》，1930年出版，像《武士道》《茶书》一样极力发现并张扬日本美。此书虽然是日文的，但写于巴黎。西方各国语言里没有能完全跟日语的粋相对应的词语，引发他探究本民族文化传统的特征，开一字论定日本的方法论先河，“甘、缩、纵”云云不绝于后。他说：“‘粋’，是东方文化的，不，是大和民族特殊存在样态的显著的自我表明之一。”粋的结构被解析为“对异性的媚态”，以及来自武士道的“意气”和来自佛教的“达观”。

粹是生活美。三四十年前我这个东北人平生头一次进北京，被看大门的老头儿一声断喝：“问事儿要叫‘您’”。如今想来那就是北京的粹。汪曾祺认识一个在国子监当过差的老人，他说“北京的熬白菜也比别处好吃。五味神在北京”。拿到东京说，这就是粹。太宰治喜欢吃烤串喝酒，撒上很多山椒粉，说“这就是江户人的粹”。他不是江户子，身上流着外地“土农民”的血。芥川龙之介是地道东京人，所谓江户子，与人聚饮，人家要AA制，他大摇其头：不要那样无粹啦。荞麦面蘸调料汁吃，汁装在叫“猪口”的圆柱形杯子里，用筷子挑起长长的面条，略微蘸一蘸，使劲儿往嗓子眼里吸，吱溜吱溜作响，津津有味。这是江户人的粹，在京阪属于没教养。又有一句谚语：江户人没有隔夜钱；千金散尽，不管还复来不来，做派粹得很。莫非现今东京人大都来自外地，度日维艰，我从未遇上这么粹的人。

与粹相对的是“野暮”（土气）或“无粹”。雅是贵族的，与俗相对，而粹与不粹是城里人和乡下人的差别。江户时代在三大城市江户、京都、大阪人眼里，外地的武士也不粹，土头土脑。粹不粹都属于俗，粹是俗中之雅。譬如俳句，本来是俗文学，芭蕉提升了它的品质，如夏目漱石所言，“使人高尚优美”，那也是“平民的文学”。对于王朝贵族来说，短歌才是雅文学。天皇家年年搞“歌会始”，曼吟长咏的是短歌，从不作俳句。爱用外来语，以洋话为粹，那就是说日语太土了罢。

粹，或许可译作近年被大加卖弄的北京话“范儿”，终归是土俗中的精粹。

枯水枯山费苦心

一个城市建设得超过东京可能并不难，但要赶上京都就不容易了。起码是因为京都有很多古寺，寺里有好看的庭园。奈良看佛像，京都看庭园，为什么京都寺院多名园呢？ 据说京都可由人游览的寺院有一千三百处，远远多过了我们的南朝，白幡洋三郎从中选取三十寺，著《游寺赏园》（淡交社，2012 年 3 月）解答这个谜。总之，事关日本文化。

最日本式的庭园叫作“枯山水”。一个枯字，枯淡幽寂，便有了禅味。这种庭园本来是出自临济宗禅师之手。

京都东北方有一座比睿山，山上有二僧，荣西和道元，时当我大宋年间，先后渡海去西天取经。禅宗时兴，1191 年荣西取回临济宗，1226 年道元取回曹洞宗。早已落地生根、占山为王的宗教势力不容后来者，他们都离开京都，道元避开政权，布教民间，而执掌镰仓幕府大权的北条氏皈依临济宗，以致世间有“临济将军，曹洞土民”之说。南宋僧兰溪道隆1246年东渡，幕府请他在镰仓开山建长寺，传布纯粹中国禅。三十三年后，无学祖元应镰仓幕府之邀，渡日住持建长寺，又开山圆觉寺。禅是从自然中坐出来的，或许把寺院建在靠近权力的地方，远离了自然，对庭园就尤为上心。道隆、祖元建伽蓝、造庭园讲究“境致”，即顺应自然环境，将人工景观融为一体。

无学祖元来日本八年后入灭，弟子不多，但有个徒孙，梦窗疎石（1275—1351），在禅宗传入百年后盛兴日本禅。他十八岁受戒，曾梦游中国的疎山和石头，遂改名疎石。生前身后有七代天皇给了他国师称号，不但是一代高僧，而且是修建庭园的高手，辗转各地，因景造园，如京都的西芳寺、天龙寺，如今都列为世界遗产。日本多火灾，大多数古迹都不是原装原样，西芳寺亦不例外，唯有几处“石组”久经风雨，岿然不动。“石组”，意思是摆布几块石头，搭配成景。一处是“枯泷”，山坡上横卧几块大岩石，让人想象激流飞下的景致。这就是枯山水之始，表现禅宗世界观，奠定日本独特的庭园样式，垂范后世。“日本庭园在发展过程中对岩石的关心极为强烈，形成其特色。尤其是不用水的枯山水，岩石在庭景中具有绝对重要的作用。”（见小野健吉著《日本庭园——空间之美的历史》）不过，梦窗当初的设计也许与山涧相映成趣，后来水枯涸，形成了今日概念的枯山水也说不定。“枯泷”被说得玄之又玄，可也有人嗤之，那些石头就是登山的铺路石。

读《梦窗疎石》（熊仓工夫等编，春秋社，2012 年 8 月），读到梦窗的汉诗（中国古典诗），有云：仁人自是爱山静，智者天然乐水清，莫怪愚惷玩山水，只图藉此砺精明。对于他来说，造园并非出于闲情逸趣，而是佛道修行，造设了一段公案。日本禅好立文字，梦窗有《梦中问答》等著述传世。他说：喜好山水无所谓好坏，山水无得失，得失在人心。山水即庭园。造园用山水之语，缘于中国山水画。日本与元、明贸易，输入的主要是铜钱，以及书画、陶瓷等“唐物”。山水画尤其得人气，丰臣秀吉曾经用山水画代替土地，赏赐武将。“缩三万里于尺寸”，山水画的缩景理念及残山剩水的留白技法启迪了禅僧，庭园里出现了三维的山水画——枯山水。犹如山水画线条，白砂上爬梳一道道纹理，象征地表现水波，不用水，但整个庭园都是要表现水，反而使观者满眼水汪汪。山水画的留白对日本文化艺术影响极深，茶道也好，俳句也好，无处不留白，常让我们看得不明不白。

作为旅游景点，龙安寺的石庭特有名：见方约二十五米长，十米宽，铺一地白砂，大小十五块石头布置其间，分作五群，砂为海，石为岛为山，好似一个大盆景。北侧檐廊上总是坐满人，呆呆地眺望，不知在冥想，还是在歇脚。中国人游京都也必来看看。曾遇一男子，看了老半天，嘴里冒一声“SB”。他看出名堂。据说这枯山水表现“寂”，日语发音为 sabi。“寂”与“锈”同音，铁生锈，不再光亮，生出另一种秀，那就是寂的感觉。自然用时间来施加变化，古刹西芳寺变成了“苔寺”，布满青苔。建筑学家童寯曾说过：“藓苔蔽路，而山池天然，丹青淡剥，反觉逸趣横生。”但一般来说，我们更赏识茅檐长扫静无苔，而苔痕上阶绿，就要写陋室铭了，乃至发兴亡之叹。日本人以为苔藓是从石头里生出来的，石灯笼顶戴青苔，他们便感受到闲寂枯淡的逸趣。对于西方文化来说，断臂的维纳斯只是个偶然，纪念碑竖起了之后尽可能保持那个样子，一成不变，以至永远。而日本庭师建成的庭园不过是半成品，还须借造化之工来完成。人工作品被造化渐渐抹去人工的痕迹，融入自然之中。庭园像酒一样日复一日地熟成，臻至完美。

志贺直哉有一篇短文《龙安寺庭》，言道："我觉得桂离宫的庭若是小堀远州的长篇杰作，这就是更出色的短篇杰作。我不知道有紧张感如此强烈的广庭，但它不是日常欣赏的宅邸之庭，就欣赏来说过于严格了。而且，我们的精神因眺望它而感觉不可思议的欢喜。"此文发表于 1924 年，使龙安寺石庭一下子轰动，赞美者不绝如缕，都想从石头的构图上看出哲学来。志贺觉得庭师只摆了石头，不植草木，庭园就得以保持原形，以至于今。其实呢，丰臣秀吉造访过此庭，那时不光有石头，也有草木。《龙安寺庭》而今也常见于课本。对于志贺的见识，1970 年代立原正秋撰《日本庭》予以驳斥："志贺一文出来之前，没有把枯山水和禅纠结在一起的言说。以前对于日本人来说，庭是'风流'的对象。风流是寂。志贺以后的很多论者不过是囫囵吞下志贺恣意的趣味判断，借以制造于己方便的骨架，并加以整合，展开言说。全都是空谈。"

欣赏枯山水，或许有一种紧张感，却更像是惶惑，犹如看皇帝的新衣。所谓文化，常常就是被后人解说出来的，且不乏强作解人。什么表现禅，威严啦，幽玄啦，立原正秋认为给单纯的造型物体加上这些空洞的言词不过是扯淡。净土宗的庭园不也有枯山水吗？那些石头的摆法不过是工匠的审美罢了。休管他这段公案，诗曰：赏园不是悟公案，枯水枯山费苦心。剩墨踌躇留白处，看来遍地浪淋淋。

咸萝卜的禅味

说到中日关系，两国都津津乐道遣唐使。唐太宗贞观四年，公元630年，舒明天皇向唐朝派出使节以及留学生、留学僧，从此二百多年间，有成行的，也有未能成行的，总计遣唐二十回，恨不能把我大唐的文物制度统统搬回去。到了唐昭宗乾宁元年，菅原道真被任命为大使，本该率领船队第二十回赴唐，却奏请宇多天皇缓行。理由有二：一是唐朝已衰败，名存实亡，无须再学了；二是航路阻遏，九死一生，不值得冒险。大概头一条理由很有效，所以第十九回遣唐的副使小野篁望海生畏，称病不行，被处以流放，而这次准奏。时当894年，学生学历史，为记住这个年代，谐音为“白纸”，意思是取消、撤回。907年唐朝灭亡，遣唐也真就废止了。

大海茫茫，出航确实极危险。留学僧圆载在唐朝钻研四十年，877 年携万卷经典归国，不幸船破，葬身于波涛。不过，海上船帆从不曾减少，而是越来越多，商人和僧侣冒死往来。圆载滞留唐朝时，日本朝廷曾两度给他送金子，应该是这些人捎带的罢。商船不绝于途，国家也就用不着遣使，那是要倾其国库的，耗资巨大。清末黄遵宪在《日本国志·邻交志》中写道："有宋一代，聘使虽罕，而缁流估客往来日密。"缁流是取经或传经的缁衣僧侣，估客是唯利是图的商人，他们取代了国家行为。南宋被蒙古铁骑征服，有更多僧侣亡命东渡，不仅带来了清规戒律，也带来日常生活。诚如周作人所言："日本旧文化的背景前半是唐代式的，后半是宋代式的"。贵族、寺院等阶层崇尚从中国舶来的文物，却叫作"唐物"，可能也让人误以为这唐就是唐代，不知有宋。

正是禅宗兴盛之时，入宋或渡日大多是禅僧。南宋传来水墨画，禅寺将其立体化，在地上创作出沙盘也似的日式园林枯山水。饮茶始于中国，宋代茶及酒盐专卖，并输出海外。日本茶道用抹茶，这种茶就是宋代定型的。815 年出使过唐朝的僧永忠向嵯峨天皇献过茶，是为日本正史上关于饮茶的第一条记录，但真正让日本人吃起茶来的是荣西。他两度到南宋学禅，1191 年归国后开山日本临济宗。还带回茶种，在云仙寺（在今佐贺县）附近种植，寺院由此爱种茶。荣西撰写了日本第一本茶书《吃茶养生记》。中国文化主要由僧侣引进日本，寺院堪为最先进的学问机构。禅寺有“茶礼”。武士、贵族、文化人出入，看见和尚们装饰了华丽的中国文物，在禅房里饮茶，一定觉得酷。照葫芦画瓢，在家里摆设中国的书画陶瓷学喝茶。也曾坐在椅子上吃茶，到底坐不来，逐渐按日本生活方式设计了茶礼。饮茶在中国是日常的，世俗的，日本把茶和禅一起拿了来，日常化、世俗化之前，先加以精神化，这或许是拿来外国文化的一个手法。茶从禅寺传出来，被夸大解释，演变为世间的茶道。非同寻常的事物就容易成“道”，日本人给茶附加了太多的精神性、宗教性感觉。由于战乱，王朝的建筑及收集的唐物焚毁殆尽，厌世空气笼罩，吃茶的道具也只好采用日本制造了，茶就枯寂起来。僧珠光是枯寂茶的先驱，传说他随一休参禅，领悟了茶禅一味的境界。珠光的弟子宗珠曾题画：料知茶味与禅味同。珠光的徒孙武野绍鸥及其弟子利休都曾在大德寺参禅，禅的思想被充作茶道的理论支柱。明治时代否定江户时代的价值观，吃穿住等生活环境急剧西方化，茶道衰微。为求活路，基本上变成礼仪修行，并普及大众。战败后，茶道更搞成表演艺术，还有点神秘兮兮。尤为女性所好，会做点茶道、花道，显得有女人味，看着就贤惠。

和尚吃什么，人们自古就好奇，而禅宗尤其讲究吃。平常人家喝的“建长汁”，是用萝卜、豆腐、魔芋之类做的汤。传说七百五十年前，南宋禅僧兰溪道隆在镰仓开山建长寺，某日，小和尚把豆腐掉在了地上，不知所措，兰溪禅师就用这碎豆腐，再加上萝卜丝什么的做成汤。

日本菜肴几乎离不开萝卜，鱼生用萝卜丝垫底，烤鱼用萝卜泥调味。腌咸菜基本是萝卜，各种各样的咸萝卜在市场里摆了一架。这种咸萝卜叫“泽庵渍”，可用来下酒，但有人讨厌它的味道。泽庵者，江户时代临济宗和尚泽庵宗彭也，创建东海寺。第二代将军德川家光来访，拿出咸萝卜招待，将军为之命名。18世纪从江户传到京都、九州，遍及日本，自不免“咸吃萝卜禅操心”。

江户时代初叶的1654年，禅僧隐元隆琦从福建来到日本，建万福寺，开山黄檗宗，他带来扁豆、孟宗竹、西瓜、莲藕等。黄檗宗寺院的素菜也传到市井人家。素菜却要做出肉味来，只怕心思仍然是荤的。中国烹饪好用淀粉和油，而日本人学会炒与炸，“料理”至今少油水。好些东西如豆腐、纳豆都是由禅僧带入日本，先普及寺院，再传入民间，不免染上了禅味，或附加了禅味传说，所以我们常觉得日本有禅味儿。

少女癖

日本有少女漫画；本来给少女们看的，但起码从上世纪八十年代以来男读者乃至大叔们也看得入迷。电视上常见单个的或成群的少女欢歌狂舞，譬如最近走红的AKB48，听说在中国也得了奖。总之，少女在日本好像特别的活跃，就叫作少女文化，但不知“援助交际——女高中生危险的放学后”是否也属于这文化的一部分。

少女，通常指七岁至十八岁的未婚女性（十六岁可以结婚，但二十岁成年，然后才可以抽烟喝酒）。虽然AKB48成员有超龄的，但人们也当作少女看。少女一词古已有之，例如《源氏物语》有《少女》卷，写光源氏的长子夕雾和云居雁两小相恋。不过，那鸭头不是这丫头，现在所使用的少女是社会发展到近代才产生的概念。

拥有批评家等不少头衔的大冢英治在所著《少女民俗学》中写道："近代以前没有少女，存在的只是性未成熟的幼女和性成熟的女人两类。但近代社会要把女性当作家庭之间交换的物件。为此，社会考虑把女性在已来月经、性成熟但没有被一个男人使用之前暂且原封不动地保存，并且提高其商品价值。为提高女人的商品价值而开办学校，在那里教育女儿们，也就是圈养。"产生少女的第一个条件是学校。上学需要家庭的富裕。1910年代，得益于第一次世界大战，经济景气，产业结构剧变，城市中形成新的中产阶层，他们热心于子女教育，对城市文化持肯定态度。女孩子向往当女学生。虽然女子义务教育已经普及，但升入1899年开办的高等女学校（相当于中学），1925年不过才百分之十四。不升学的女孩子也就没有少女时代。学校的教育目的在于培养贤妻良母，但比起贤良来，破除了门第观念，女人首先被追求的是美貌。西施有更高的商品价值，随时都可能辍读出嫁，那些东施被叫作"毕业脸"，直读到毕业。

中产阶层家庭不仅供女儿上学，而且给她们购读少女杂志。单单女学生算不上少女，少女的形象还须由少女杂志塑造。明治三十五年（1902）《少女界》创刊，是为日本第一个少女杂志，随后《少女世界》《少女之友》《少女画报》《少女俱乐部》等相继问世。少女杂志的内容以小说为主，大都是以高等女学校的学生为主人公。女学生们聚集在学校这个空间里，交流读少女杂志的心得，并且给杂志写信或投稿，寻求认同，编织少女梦。说到底，少女是一个文化性幻影。诺贝尔文学奖得主川端康成也曾为少女杂志写少女小说，如《浅草红团》《少女的港湾》《山茶花》。他那些面向成人读者的作品也曾被横光利一视为少女小说，例如《伊豆舞女》以及《雪国》《千只鹤》《睡美人》，都有以十六岁为原点的美少女登场。让他获得诺贝尔文学奖的不是《雪国》，而是《古都》，这个小说的结构与《山茶花》很相似。三岛由纪夫评论《睡美人》："从初期不断地反复的少女嗜好也最终应归结于此。"川端的日本情趣其实主要是这种少女嗜好。《雪国》等小说写的是男人看女性，写出了男人的感觉，而少女小说则完全把对于少女的爱融化在血液中，诉诸笔端，仿佛作者本身也化作少女。川端曾这样评论："少女杂志有很多，少女小说也有很多，那不是成人读物，不是儿童读物，无疑是少女的读物。少女们为之激动，并装饰梦。但是从我们的纯文艺立场来看，承认那些是艺术品不能不犹豫。”“作为文艺读者的少女，很多时候比国务大臣比大学校长更优秀。与此相反，作为文艺作者的少女，很多时候比昨天刚断奶的三岁幼儿更低劣。”他称之为少女病，“对于艺术，少女心比童心危险”。

打造少女文化的却是男人们，男作家、男画家以及男编辑。从小说、插图到服饰，作为一种消费文化，他们按照自己的意愿与欲望塑造少女形象，基本是清纯无垢的可爱，并加以神圣化。少女们享受这种神圣，也当作武器来反击男性社会。1916年，爱给报刊写读者来信的吉屋信子被编辑看中，约她写一篇小说，发表在《少女画报》上，轰动四岛，以至接着写下去，连载了八年之久，就是《花物语》。吉屋是少女小说第一个女作家，打破了男作家写少女小说的一统天下。太宰治的《快跑，梅洛斯》写的是男人的友情，吉屋的少女小说始终以女人的友情以及同性恋倾向为主题。少女是女性人生的一个阶段，岁月无情，对未来的憧憬与惶惑并存。霸气的青年，感伤的少女，吉屋小说便飘溢着淡淡的感伤，招人爱怜。女作家田边圣子忆当年，吉屋的“任何小说都被女学生们用暴风雨般的掌声欢迎，少女们狂热地争读”。

《花物语》大获人气的另一个原因是中原淳一的插图，

可以说，吉屋的小说和中原的插画相辅相成，成就了少女形象及其文化。少女杂志上第一个明确意识给少女画插图的是竹久梦二。少女喜好甜美、感伤、梦幻的情绪，竹久似乎天然懂少女心，用画笔揭示、招引、诱导。他还在东京办小店，尝试把生活与美术结合，使少女的感动不止步于纸面，更借他设计的明信片、信封、扇子、手帕、浴衣等商品把自己打扮成少女。与中原相比，竹久画的是日本的旧式女性，而中原继竹久之后，所画是透明的美少女，当然眼睛里带着永恒的感伤。日本文化在平安时代女性化，大正的浪漫时代少女化，但法西斯主义得势，发动战争，长睫毛大眼睛的洋（西洋）面孔有违国策，不合时局。1940 年中原淳一从《少女之友》消失，封面换上了协力战争的军国少女，英姿飒爽。战败后中原淳一在化作焦土的东京开办出版社，1947 年创刊少女杂志《向日葵》。他笔下的少女吸引少女们，不单是因为与日本人异样的洋面孔，还在于洋气的服饰。中原，以及私淑他的高桥真琴，都是把容貌与服饰相结合，既是画家，也是时装设计师，画的是少女，也是画时装。高桥最先给少女的眸子画上星光闪闪，几乎定型为日本少女漫画的一个符号。

在少女小说与几代少女画（插图）画家如竹久梦二、蕗谷虹儿、高畠华宵、中原淳一的影响下，产生了故事少女漫画（或许应译作少女连环画），第一个作品是手冢治虫始于1953年在《少女俱乐部》连载的《发带骑士》。《少女俱乐部》等少女杂志本来以小说诗歌为主，随着少女漫画勃兴，演变为少女漫画杂志。少女漫画是男画家开辟的天地，手冢之后有横山光辉、石之森太郎等各领风骚。1970年代出现了所谓“49年生”（1949年及其前后出生）的一群女画家，如大岛弓子、竹宫惠子、萩尾望都、山岸凉子。如今少女小说的作者也基本是女性。轻小说中以少女为主人公的小说是少女小说。即便是少女写的，以少女为主人公，如果发表在纯文学杂志上，则属于文学作品，不叫作少女小说。男性写少女小说，如少女派文笔家岳本野蔷薇，自任中原淳一、高桥真琴等的少女文化接班人，著有《下妻物语》，被搬上银幕。1980年代经济大发展，再度兴起少女文化热，以至于今，越来越丰富多彩。自宫崎骏的动画片《风之谷》，少女与武器相结合的美少女战士风行。观众萌的不再是道德化弱者，而是战斗的美少女。

历经百年，少女文化给日本人养成少女癖，流弊多端。

现今亚洲青少年也喜爱日本漫画，特别是少女漫画，那就是日本少女癖了罢。

小和尚从哪里来

“和尚没有老婆，小菩萨哪里来！？”这是三师兄的“狮吼”，令鲁迅彻底省悟了和尚有老婆的必要，以及一切小菩萨的来源，不再发生疑问。（见《我的第一个师父》）

然而在日本，我们还是发生了疑问：和尚为什么有老婆，而且还吃肉喝酒唱卡拉 OK ？日本和尚大多数结婚，生下小菩萨继承寺庙，这是和尚的家业。和尚不过是三百六十行之一，跟俗人一样过日子，像鲁迅说的那样，只是“穿起袈裟来做大和尚，或者戴上毗卢帽放焰口，‘无祀孤魂，来受甘露味’的时候，是庄严透顶的”。日本人大都认为日本是佛教国家，我们觉得像一个笑话。以前曾听说，中国佛教界派三五僧人去东天取经，但回国后一个跟一个还俗，有的又回到日本，做起了快活和尚，此后就只往戒律森严的东南亚派遣了。

日本佛教是中国传过去的，大约在公元538年，钦明天皇七年。岛上自来有土著信仰，第一次看见百济圣明王赠送的一尊释迦佛铜像，钦明天皇问群臣，拜不拜呢？公元6世纪末至7世纪前半，都城在奈良盆地南部的飞鸟地方，推古天皇登基，圣德太子摄政，他深信并大力兴隆佛教，建立法隆寺等寺庙。作为外来文化，佛教起初就是由国家主导的国家宗教。出家当和尚要经过国家考试，有名额规定，分配各寺庙。他们是国家公务员，镇护国家，不可以聚众说法。未经国家批准的，叫私度僧，就犹如私人企业的员工。都城在奈良的时代（710—784）虽然出现了所谓南都六宗，但尚未形成正规的宗派及教团。以平安京为都城的平安时代（794—1185）出现了两颗巨星，那就是最澄和空海，他们到唐土取来了真经，分别开创天台宗和真言宗。平安时代也到了末叶，私度僧多达三分之二，"山川草木国土悉皆成佛"这句话广为流传。镰仓时代（1185—1333）法然、亲鸾、道元、日莲等宗祖辈出，致力于改革，贵族置庶民于不顾的旧宗教变成救济民众的新宗教。法然开创净土宗，将整个佛教凝结到一点：只要口念"南无阿弥陀佛"，死后就能去阿弥陀佛的净土。用不着修行，谁都做得来，佛教日本化，变成大多数日本人的了。

现在日本佛教主要有六宗：天台宗、真言宗、净土宗、净土真宗、曹洞宗、临济宗、日莲宗。宗下有派，净土真宗奉亲鸾为宗祖，有十派之多，其中，净土真宗本愿寺派（西本愿寺）与真宗大谷派（东本愿寺）是两大教团。日本寺庙约七万七千座，四分之一属于这两派。净土真宗是日本最大的佛教宗派，门徒有一千三百万之众，日本人十个当中就有一个。日本经济高速度发展后，南都六宗的寺庙以观光立寺，信徒共计六十万。

京都火车站建筑很现代，巍峨壮观，对面有两座森严的院落，庙檐飞出围墙，那就是西本愿寺和东本愿寺。1262年亲鸾入灭，火化之后土葬。十年后改葬，女儿觉信尼修建了一座六角形草堂，木雕其影像祭祀，即大谷庙堂。1321年祠堂变成了寺庙，号本愿寺。传到第八世莲如时，本愿寺还没有独立，隶属于青莲院。日莲辗转各地，布教通俗易懂，壮大了教团，打下净土真宗发展的基础，被奉为中兴之祖。亲鸾则作为宗祖，其存在及思想广布开来。1591年丰臣秀吉批给十一世法主显如一块地皮，今天说来就是在京都站前，兴建本愿寺。显如传位给长子教如，但丰臣秀吉对他不放心，把显如三儿子准如推为十二世法主。教如投靠了德川家康，1602年家康赐地，在本愿寺东边又建了一座本愿寺，从此有东西之分，也免得它势力过大，啸聚造反。西本愿寺基本保留了原来的模样，被列为世界文化遗产。

寺有寺规：本愿寺传灯相承为世袭，顺序是住持嫡出的长子，住持嫡出的长孙，住持嫡出长子的子孙，住持的子孙，住持兄弟及其子孙，属于住持最近亲系统的人。与天皇家的皇位继承顺位大致相同。由子孙延续香火，当然得娶妻。和尚生儿育女，可真像鲁迅说的，“他们一定早已各有一大批小菩萨，而且有些小菩萨又有小菩萨了”，无穷匮也。

食肉娶妻使净土真宗有别于所有宗派，创下或闯下这规矩的亲鸾在日本佛教史上可算是另类。不过，他当年在贵族社会或佛教界默默无闻，完全没留下记录，以致明治时代史学家认为实无其人。1921年在西本愿寺宝库里发现亲鸾妻惠信尼写给女儿觉信尼的十封信，这才认定了亲鸾的存在。亲鸾从天竺、震旦、日本选定七高僧顶礼膜拜，他的法名即取自其中的天亲和昙鸾。描述亲鸾的生平事迹基本上依赖亲鸾曾外孙觉如的《亲鸾传绘》。

他没见过老祖宗，亲鸾死去三十三年后写此传，可能都是听老奶奶惠信尼回忆。亲鸾至今也不过是虚像的存在。既然对后世的现实产生影响的是虚像，还历史以本来面目也就不大有意义罢。

亲鸾生于1173年，京都人，父祖以汉学为官。时当平安朝末世，贵族争权，武士借机跻身于朝廷，凭武力掌握了政治实权。兵荒马乱，灾害频仍，一场大火把京都烧掉了三分之一。亲鸾六岁那年发生大饥荒，据《方丈记》记载，饿殍不计其数。贵族和庶民无不惊恐“末法”之世来临。可能因家境中落，九岁的亲鸾得度出家。披剃之日，因天色已晚，青莲院的慈圆和尚说且待明日。亲鸾便吟了一首和歌：赏樱待明日，夜来风雨不留情。慈圆听了当即为他剃度。这种小和尚叫作童子或稚儿，像女性一样留长发，染黑牙齿，拔掉眉毛，白天学佛供佛，晚上陪师父睡觉。延历寺还举行稚儿灌顶，被师父淫过才成其为稚儿。翌年随圆慈上比睿山。此山是镇守京城的灵山，传教大师最澄788年在半山腰开基延历寺，不仅是天台宗的总本山，也是佛教界的最高学府。亲鸾研习《法华经》，修密教，守戒律，修行二十年。

这期间日本史进入镰仓时代，比睿山已经世俗化，腐败堕落。大和尚勾结政治权力，蓄妻犯女。出身下层贵族的亲鸾没有后台，再努力也是徒劳，永无出头之日。1201年决然下山。先到京都的六角堂（顶法寺）笼身祈愿一百天。这是圣德太子建立的寺庙，本佛是如意轮观音。笼身第九十五天，天将破晓，亲鸾疲惫已极，似梦非梦，但见救世菩萨出现在面前，颜容端严，身披白袈裟，端坐在广大的白莲华上。对他说：倘若因过去世的宿缘非搞女人不可，我就变成玉女供你泄欲，“一生之间能庄严，临终引导生极乐”。又说：这是我的誓愿，你要宣说给一切众生听。

时年二十九，正处于性苦闷，做梦娶媳妇也实属自然，他是个和尚，就可能梦见菩萨。戒律就是跟自然及人性作对，这让他苦恼不堪。此后入法然门下，专修念佛。关于亲鸾娶妻，也有这样的说法：某日，位居公卿的九条兼实来法然这里，说：能否往生极乐净土，出家人念佛与在家的俗人念佛不会是一样的罢。法然回答：所有的善凡夫或者恶凡夫都能够往生是由于阿弥陀佛的大愿，出家和在家一样，善人和恶人一样。九条兼实说：既然都一样，那就让你的弟子跟我女儿结婚，做出个实证。于是，法然指定亲鸾，和九条家的玉日吉结婚。玉，不就是菩萨托梦的玉女吗？

民俗学家柳田国男认为，日本僧侣食肉娶妻绝不是从亲鸾这一个特定人物开始的，源于远古日本人的信仰。当时僧侣有家室并不是稀罕事。法脉传承，传给所谓“真弟”，其实是自己的儿子，也近乎常态。镰仓时代的宗教改革对日本人的思想及文化有重大影响，但是说穿了，所谓佛教日本化往往无非脱离乃至破坏释迦的、中国的佛教罢了。日本佛教的特色之一是戒律从未被严守。亲鸾应镰仓幕府之召校正一切经，宴席有肉，和尚们大快朵颐，但其他和尚都脱下袈裟，唯有亲鸾穿着袈裟吃，他的说辞是袈裟能解脱它们的畜牲之身而成佛。戒律俨然，娶妻犯女要偷偷摸摸地进行，而亲鸾将其公开化，这就是他的贡献，甚至是一个革命。本来真宗也不公开张扬食肉娶妻，以免遭外界非难，但莲如以后，以本愿寺为中心的真宗教团迅猛发展为巨大教团，干脆把食肉娶妻当作招牌，说这样才继承了佛教的真髓。

法然大弟子安乐是一个帅哥，嗓音也动听，女粉丝很多，他竟然睡了侍候太上皇的女官，这下子惹怒朝廷。1207 年安乐等处死，法然及亲鸾等被勒令还俗，流放偏荒之地。拉家带口到日本海沿岸的越后（今新潟县），自称“愚秃释亲鸾”。遇赦后也不回京都，又往东，在笠间（今茨城县）落脚，传教二十年。当地盛行修验道（山岳信仰与神道、密教等混合而成，行走山里，修行特异功能），亲鸾布道减少了修验道信徒，头领辨圆念咒发功，要灭了亲鸾，却不见功效。于是带上武器直闯亲鸾的草庵。亲鸾处变不惊，笑脸相迎，辨圆被感动。亲鸾说你我是“同朋”，都需要被拯救。辨圆当场就念佛了。

在家信教有五戒，出家则多达二百五十戒。五戒是不杀生、不妄语、不偷盗、不邪淫、不饮酒，对于以捕鱼打鸟为业的人来说，根本做不到。谁也不能任蚊叮虫咬，吃鱼也犯杀生戒。人要活，就不能不成为恶人。亲鸾说：没关系，不必说娶妻生子、吃肉喝酒，即便是屠夫杀猪，武士杀人，只要口里念佛，就能去极乐净土。又说：并不是杀一千人的人心坏，一人也不杀的人心好，不同的只是有没有杀的因缘罢了。农民、渔夫、工匠以及武士纷纷信奉他的说教，各地形成了门徒集团。亲鸾说自己一个弟子也没有，厌恶被崇奉为教主。

释迦的佛教本来追求的是解脱，但传入日本的佛教是大乘佛教，以救济在家信徒为目的，不出家也能成佛，这就得肯定现实世界、烦恼世界，肯定活人所具有的七情六欲。按说应该是既然连恶人都能够往生净土，善人就更不用说了。但亲鸾反过来说："连善人都能开悟，恶人更不会不能开悟，到达彼岸。"这就是亲鸾的根本说教"恶人正机说"。日本人常说人死了成佛，为靖国神社辩解，根子就在这。此说还写进课本，经常拿来出考题。

阿弥陀佛成佛以前是法藏菩萨，修行时立下四十八愿，其中第十八愿是不分善恶，救济所有的人。善人试图用自己的力量（自力）做善事，以此开悟，不会全心全意信赖佛，而恶人不能靠自己的力量得悟，就只有死心塌地依赖佛的救济力量（他力）。恶人才是阿弥陀佛拯救的对象。相信阿弥陀佛的本愿，口念佛号，死了就能靠阿弥陀佛的他力去极乐净土。净土真宗及日莲宗不同于其他宗派之处，首先即在于有具体的救济手段。日莲宗唱诵题目"南无妙法莲花经"，净土真宗口称佛号"南无阿弥陀佛"，就可以成佛。真宗的教义与实践再简单不过了，凡夫俗子也乐得信奉。

然而，也有门徒把教义理解为"造恶无碍"：恶人才能被救，往生净土，所以在世上干什么坏事都可以。这就自找幕府镇压了。对此，亲鸾说：有解药也不要服毒。宗教被俗世的权力掌控，僧侣破戒，示众游街乃至处刑不是宗门所为，而是政权出面处置。除了净土真宗及修验道，其他宗派都禁止食肉娶妻，而亲鸾之教不灭，以至成气候，一方面是由于本愿寺代代法主通过婚姻与世俗权力结亲，另一方面则在于亲鸾自称“非僧非俗”，僧侣与门徒几乎没差别，彻头彻尾是俗民的信仰。而且，真宗寺庙的成立也不同于其他宗派：起初是俗人把自己的家当道场，说法念佛，后来道场变得跟寺庙似的，但仍然是私有物，这样，住持世袭也自然而然。

年过六十，亲鸾带着妻惠信尼、幺女觉信尼、长子善鸾等回到京都，此后三十年几乎埋头于著述。门徒集团之间对教义产生疑义、分歧，发生混乱，亲鸾派儿子善鸾前去处理，善鸾也不由自主地陷入争权夺利的纠纷，曲解教义。亲鸾写信，毅然断绝了父子关系，此时已年高八十四。日后撰写《叹异抄》的弟子唯圆等求教，亲鸾说：信奉还是抛弃念佛，你们自己决定罢。1262 年亲鸾入灭。

六百年过去，日本维新了。明治新政府把神道立为国教，为此而废佛毁释。1872 年（明治五年）宣布，从此以后僧侣可随意食肉娶妻蓄发。消灭了上千年来和尚的特殊身份，也可以跟庶民一样地征召，上阵杀人。福泽谕吉在《文明论概略》中写道:“及至近日，政府有令，许可全国僧侣食肉娶妻。如据此令，从来僧侣不吃肉，不近妇女，非为守其宗教之旨，乃因政府不允许而勉为自禁。由此等之趣观之，僧侣不啻政府之奴隶，亦可云日本国里已无宗教。”听命于政权，大多数僧侣便破了戒律，统统向净土真宗看齐。早知现在，何必当初，日本佛教真宗化，又过去百年，食肉娶妻早已是日常。电视剧搬演风华正茂的和尚一边修行一边谈情说爱，男女老少都看得入迷，从不会发生疑问。

鲁迅在《我的第一个师父》里写道：“寺里也有确在修行，没有女人，也不吃荤的和尚，例如我的大师兄即是其一，然而他们孤僻，冷酷，看不起人，好像总是郁郁不乐，他们的一把扇或一本书，你一动他就不高兴，令人不敢亲近他。所以我所熟识的，都是有女人，或声明想女人，吃荤，或声明想吃荤的和尚。”这话大概是不错的，亲鸾比空海更有人情味儿。自我与性欲是人性解放的主题，近代以来知识人拿亲鸾浇自己心中的垒块，以致他不单是净土真宗这一宗的祖师，甚而被置于代表了日本的思想家、哲学家的地位。哲学家梅原猛说，亲鸾是日本人的精神故乡，人气在空海之上。出版界甚至有一个说法：不景气就拿“亲鸾”卖钱。前几年又有五木宽之的小说《亲鸾》畅销，似乎是一个证明。

大阪瑞兴寺住持受摇滚吧启发，开办和尚吧，这瑞兴寺是真宗大谷派寺庙，庙里有酒窖。和尚吧发展到东京、京都，如今已有好几家。慰抚人心，也顺带布教。近来又时兴跟和尚谈心，好像没有老和尚，都是些头皮光光的帅哥，市上还出售《美和尚图鉴》。一群年轻的女人跪坐周围，和尚启开罐装啤酒，乐呵呵开导。当然先读经，香烟袅袅，制造了氛围。看来都不是吃素的，至于想不想女人，未见声明。有女人问：和尚想不想搞外遇呀？

一书在手游奈良

有这样的说法：京都看庭园，奈良看佛像。

时常去奈良，几乎都为了看佛像，看展览，看罢即打道回府。去年逛了一次小街，是跟朋友参观正仓院展，然后找一家久闻其名的小酒馆。找到了那里。排闼而入，席位早已被订满，嗒丧而退，沿着小街逛下去。幽暗的灯光、独特的门楣渐渐在心里描绘成卷，反而庆幸没有泡酒馆，却原来这里就是《奈良街道风景》中写到的“遗留江户时代风情的奈良町一带”。

奈良可说是日本的发祥地。710 年，“常以为作之者劳，居之者逸”的元明女皇迁都于此，史称平城京。至 784 年，为七代帝都。奈良县所在，古称大和国。本来叫倭，元明天皇时规定国名用两个汉字，就叫作大倭，大概从 8

世纪中叶，觉得倭这个字不好，改写为大和，再后来称日本。还有几种叫法，例如“山门”，大和的读音即来自这两个字。2010年奈良县隆重纪念迁都平城京一千三百周年，标题是“奈良——日本之始”，大兴土木，重建大极殿。事后去游览，从朱雀门（1998年重建）遥望大极殿，好一片空空荡荡。

奈良的最大魅力在历史，尤其与中国古代有关的历史，走进奈良就走进日本古代史，也仿佛走进中国的唐代。奈良有多处寺院栽满了牡丹，《奈良街道风景》一书中的插图也画了长谷寺、当麻寺、石光寺、金刚寺的牡丹，国色天香，诱人想象长安城。奈良的建筑学隋唐，又独具特色，如佛教建筑木造五重塔，法隆寺的五重塔是现存最古老的。世事沧桑，如此书所述，宫殿官衙转瞬之间就变成废墟，化作田园。一场场火灾兵燹把奈良町老街焚毁殆尽，而今古旧的商家民宅不过是江户时代后半的遗存。好在海外游客大都不是看历史，而是看异国风情。司马辽太郎说:奈良人骀荡。骀荡的证据是明治以后，各地以谁某当上大臣、大将为荣，但直到1945年战败，奈良没出过一个造势时的人物。志贺直哉说：奈良是好地方，但觉得对于养育男孩子有点美中不足。

青山茂所著《奈良街道风景》出版于二十年前，有导游之功，但侧重写的是历史知识，而泽田重隆的插图，描绘的是现存的眼前的景物，相映成趣。现今旅游书以照片取胜，色彩鲜艳，然而画是通过画家的眼睛画到纸上的，看不仔细就无法用笔触来表现，而照片借助镜头，透视不如人眼，也难以有超越时间的取舍。看风景照说好，一般指的是景好，看画说好则是夸画得好。此书是草思社出版的一个系列，前有东京、京都，后有镰仓、横滨，均由泽田重隆插图。文图并茂堪称日本出版的特色，奈良更自古有插图的传统。从室町末叶到江户时代，东大寺、兴福寺等寺院的绘佛师描绘的图画叫奈良绘，用奈良绘插图的绘本就叫作奈良绘本。

奈良是古文化故乡，《古事记》《万叶集》等经典都是在奈良时代编撰的。近现代作家与奈良有缘的也不少，例如当年被捧为小说之神的志贺直哉。

一年一度，今年又去看正仓院展，翻阅了《奈良街道风景》，决定做一趟文学之旅。志贺直哉出生在2011年惨遭大海啸的宫城县石卷，构居奈良十余年，写出了平生唯一的长篇小说《暗夜行路》后半部。故居在春日大社南边，1930年代充当了文学沙龙，普罗文学家小林多喜二也曾远道来访。后来政府部门要加以改建，民间反对，最后由奈良文化女子短期大学收购，平时也供人参观。沿“美丽日本想走走的五百条路”之一的“柳生街道”便走到“柳生之里”，这柳生就是给德川将军家当武术教头的剑豪柳生。据说柳生家墓地所在的芳德寺住持为弘扬柳生业绩，提供数据，五味康祐创作了小说《柳生武艺谱》。

又找到圆照寺，三岛由纪夫写作《丰饶的海》，四次来这里取材。最后一次是1970年7月22日，四个月后（11月25日）写完第四部《天人五衰》便剖腹自杀。他在第一部《春雪》中写道：“房檐下成串的干柿子仍然是润泽的落日似的颜色。”柿子是奈良的特产，眼见红柿出墙来，却不料门虽设而常关，这尼庵不对外开放。从奈良站乘车到圆照寺（小说中的月修寺）不太远，不过三岛来取材的时候尚未通公交车。怅然返回奈良站附近，寻了家酒馆，早早便喝将起来。奈良出美酒，“风之森”、“梅乃宿”，酒名就好听。奈良又产墨，应该买一块，且作文学之旅的纪念。

优雅的牛车

近几年每当晚秋去一趟深圳，参加读书月活动。以至对我来说，深圳就是读书。今年除了读书，还参观了10月刚刚开馆的望野博物馆，不消说，精彩辉煌。听说是个人收藏，更不禁想象值多少钱。最吸引我的，是一辆陶牛车，北齐年间的。那头牛塑造得硕壮敦实，四条腿短得只是个意思，很有点当代艺术的趣味。悠悠牛车，惟稳惟缓，坐上去一定很安逸，不思再变革什么。

四十多年前下乡在延边，常看见牛车，木轮铁箍，车架子简陋，老黄牛不畏鞭策，那样子好像永远也走不到目的地。离开延边后再没遇见过牛车，来在日本居然又得见。譬如京都三大祭之一的葵祭，年年五月里举行，招摇的首先是牛车。黑牛披红挂彩，车篷垂挂紫藤花，两个穿一身红的女孩儿左右牵长缰，牛车两侧有几个浑身缟素的男人夹持。总计五百多人游行，说是像一幅王朝画卷，如实再现了王朝贵族的优雅。王朝指平安时代(794—1185)，葵祭是洁斋三日的国家祭典。《源氏物语》描写光源氏参与这种修禊行列，皇太子遗孀六条御息所是他的恋人，偷偷去观看。而光源氏结发之妻葵上有孕在身，也出来散心。车填牛隘，已无停车位。家仆们仗势，硬是把六条妃子的两辆车挤了出去，并且折损了上下车的木凳。现今有的地方搞什么祭，也有车游行，却是人推拉，其实本应是牛车，但近年来日本只有肉牛、奶牛了，找一头能驾车的牛已经是难事。

日本飞鸟时代(592—710)以前受六朝影响，奈良时代(710—784)以后受唐影响。即为受影响，就不会是同步，日本乘用工具的发展进程跟中国差不多，但时间上错位，好像往昔男女走在街上，不是并肩而行，女人要落后一步。8世纪后半编成的《万叶集》里出现车：恋如野草积七车，车车出自我心窝。这车是人力车，9世纪初驾上牛牵引，起先是贵族女性的专车。走起来四平八稳，男人们艳羡，也竞相享用。894年朝廷发出告示，“男女有别，礼敬殊著”，禁止不分贵贱地乘坐牛车。《延喜式》一书记载9世纪末礼仪风俗，对女性乘坐的牛车样式、服饰等规定甚详。999年朝廷又对于六位以下的卑位凡庶者严加禁止，坐牛车成为五位以上的特权。器物因人而异，车形按位阶与俸禄而不同，各种各样的牛车成为车主身份的视觉指标。牛车相遇，根据身份差异，或者停车让路，或者卸牛下车，蹲踞或平伏。平安时代的绘画、文学描写牛车很多见，譬如后白河天皇敕绘的《年中行事绘卷》、清少纳言的随笔《枕草子》。13世纪前半的小说《平家物语》写平家恶行之始：摄政藤原基房的车队与平资盛相遇，资盛不下马行礼，被基房的家仆拽下马。资盛的爷爷平清盛得知，派三百骑袭击基房，把几个随从拽下马，剪掉发髻，并撕毁牛车帘子。

北齐陶牛车的车厢后面有出入口，而日本牛车从后面上，前面下。下车时牛童先把牛卸下，轭触地，人踏木凳下来，然后将轭架在木凳上。女性乘车，把裳裾从车帘下露出来，让路人知道是女性乘车，也藉以炫耀或诱惑。《源氏物语》中，六条御息所深坐在车里，只略微露出袖口、裳裾、汗衫等，颜色搭配很得当，且明显有微行之意。

天皇在位时不乘牛车，坐没有轮子的舆，由众人肩扛，前呼后拥。退位的太上皇乘坐有轮子的人力辇车或者牛车。美在细节，坐牛车才可以细致入微地观赏世界，平安贵族的雅文化乘着牛车来。但牛车在路上吱嘎作响，庶民听来是噪音。平安时代后期创作的装饰性图案有车形纹、源氏车纹。车形纹是整个车，以《源氏物语》为题材的源氏绘的车纹只表现车轮。东京国立博物馆珍藏一个 12 世纪的泥金螺钿盒，是国宝，上面画了许多半浸在流水中的车轮。这叫半轮车，非常图案化，却源于生活，木制车轮需要浸在河水中保养。所以，旅游日本，若看见酒馆外面摆设一个车轮子，莫联想田园风光，那车轮象征平安时代，是一种优雅。京都市的市徽就是一个车轮子。车轮图案在和服、日常用品上很常见，买纪念品可不要以为车轮子图案很土气哟。

乘坐工具发展史：奈良时代用的是舆，平安时代乘牛车，镰仓时代（1185—1333）、室町时代（1338—1573）骑马，江户时代（1600—1867）坐驾笼，明治时代（1868—1912）出现人力车等。牛车是乘坐工具发达的顶点，式微后兴起的不是马车，更不是汽车，而是驾笼，类似于中国的轿子，历史开了倒车。

中国早在公元前 14 世纪就利用马车了，但日本人好像直到 1860 年出使美国才见识马车似的，引进来不久又让位给自动车。为什么从中国拿来牛车，不拿来马车呢？许是车文化经朝鲜半岛传入，而那里始终未发展马车。看见延边朝鲜族赶牛车，优哉游哉，对马车不感兴趣，听凭大鞭子一甩嘎嘎响，我也曾惊奇。

稻草绳文化

如今想在大街上捡一根稻草绳而不可得，连当年高音喇叭里嘶声叫喊的捞救命稻草一语也不大说了。当然日本也捡不到，但街头巷尾捡不到，稻草却仍然与日本人的生活及文化密切相关，似乎他们脱离农业农村远不如中国城里人来得决绝而彻底。榻榻米是地道的日本传统，世界上独一无二，虽然睡的人趋于减少，但它里面确是稻草，表面是灯心草。也有挂在表面的，那就是“注连绳”。

佛教东渐，6 世纪由朝鲜半岛传入日本，日本固有的信仰便混为一体，名之为神道。现有寺庙七万五千座，信众九千六百万，神社则多达八万五千座，据说有一亿六百万人信奉。日本人口为一亿二千七百万，就是说，几乎人人既求神，又拜佛，信仰是二重的。神社最少的地方是冲绳，原因在历史。

虽然发明了方便面，日本却完全是稻作民族，吃米饭的。日本的东与西有很大区别，譬如近代化以前，东骑马，西使牛，以致历史小说家司马辽太郎感叹两地如异国。但稻作文化遍及四岛，大和民族及其文化统一在稻米上。神社的祭礼基本起源于稻作礼仪。出云大社的祈谷祭、献谷祭、古传新尝祭等，听称呼就是与稻作有关。每年 11 月举行献谷祭，各地进献新稻米，堆积如山。神社是日本传统生活方式的一部分，大和民族也因之而显然有别于稻作文化圈的其他民族。

神道原本是一种自然信仰，自然界森罗万象，什么都崇拜，特别是巨石、乔木。神无所不在，有八百万之多，日本人焉能不敬畏自然。神道没有教义，没有偶像，没有屋宇，不像佛教那样，佛在庙堂里，神是召之即来的，祭神如神在。请神时，把一个地方圈起来，圈内就成了圣域，是干净的地方，圈外是俗世，不干净。表示这个界线的，就是注连绳。有如警察在案发现场拉起绳子，禁止进入，虽然终不如齐天大圣用金箍棒画的圈儿。看不见摸不着，神到底在哪儿呢？于是立一根柱，神就像鸟一样飞来，落在柱上。柱是神的依托和标记，所以，计数神的数量词是“柱”。

佛教有本尊，神道有神体。神体不是神本身，而是它依托的东西，同样供奉天照大神，各神社的神体却不尽相同，多数是镜子。日本还叫倭的时候大概很觉得镜子不可思议，特别好尚。魏王赐铜镜百枚，天皇继承大统的三件神器之一是八咫镜。

天照大神是太阳神，也织布种稻，被奉为天皇家的祖神。弟弟素戋鸣尊胡闹，惹恼她躲进岩洞里，天上天下便一片黑暗，灾祸频仍。八百万（极言其多）的神聚议，怎么把大神请出来。有的神抓来几只鸡长鸣不已，有的神造镜子，有个女神大跳脱衣舞。大神听见外面很热闹，好像并不把黑暗当回事，心下疑惑，把门打开一道缝窥视，被守在洞口的神抓住手腕拉出来。又一神赶紧在洞口拉起一道绳，不让她退回。神光复明，这就是注连绳之始。以注连绳为防线，既保护神圣不被不净污染，也防止灵性不小心流出。

佛教有漂亮的伽蓝，令神道羡煞，也要给神建立常住的殿堂。不好一味地仿造寺院，于是乎仿古。古有两种，一种是高架谷仓，一种是宫殿。伊势神宫是仿谷仓建筑，出云大社是仿宫殿建筑。据史书记载，出云大社始建于

659 年。有这么一段神话：大国主神让国，宣布把眼睛看得见的世界“显世”让给天照大神一族，自己隐居在眼睛看不见的世界“幽世”（不是阴间地府，而是精神世界），但要求给他建造的神殿要比得上天上的宫阙。所以，出云大社是按照皇宫的规格建造的，本殿（正殿，供奉神体，相当于住持的宫司也不得随便进入，参拜或神事活动在拜殿，但也有的神社没有正殿，小神社大都没有拜殿）高二十四米，据说平安时代高达四十八米，高过了东大寺大佛殿、平安京大极殿。供奉的神体是一个谜，有人说见过，是一个九孔鲍，看着看着变成了巨蛇。海蛇是出云大社的神使，叫作龙蛇神。

出云大社的注连绳以粗大出名，挂在神乐殿檐下，长十三米，重四点五吨，为日本第一。绳与殿看上去不成比例，大有经不住之虞，谁说日本人的本性是一个劲儿把事物往小里缩呢。注连绳乃是把两股稻草绳拧成一股，或许它象征蛇交尾。阴历十月，日本叫神无月，这个月全国各地的八百万神都赶到出云，开七天大会，对于出云来说就是神在月。这几天当地人肃静度日，以免搅扰了神代会。众神开会不协商政治，与国家大事无关，商议的是男女结缘。

走近檐下，不由地瞻仰粗大的注连绳。往功德箱里投钱，投五元硬币的人居多，因为它谐音御缘。有的神社干脆标明价码：十五元是十分御缘，二十五元是二重御缘，四十五元是始终御缘。古时候本来用白纸包上稻穗或白米供奉，到了货币时代，连上天也随人改用了货币。钱应该是奉献，但元旦那天参拜的人尤其多，噼哩啪啦往里扔，不免有一点“嗟”的感觉。

注连绳成年累月在神社里挂着，每逢过年，千家万户也悬挂于门户、神棚（类似佛龛），以防不净的东西侵入。一般过了年，初七或十五摘掉，但也有地方装饰一年，像我们贴对联，一贴就一年，此乃新桃换旧符的习俗，说不上做事虎头蛇尾。听说寻常人家的注连绳也有用塑料绳的了，稻草也终将脱离日本人的日常生活罢。

极乐的庭园

京都是千年古都，游京都少不了逛庙，而庙里最可看的是庭园，也就是我们常说的园林。似乎中国园林主要是文人的，世俗的，这一点与西方相近。而日本庭园大都在寺院里，进了门，便置身于宗教。尤其所谓枯山水。那是把从南宋拿来的水墨画加以立体化，好像用笔墨在纸上画不来才想出的法子，也显得简单。水墨画跟禅前后脚传入，禅敷衍在枯山水上，这种庭园更独具了日本特色。面对一片枯山水，即使冥想不出来什么，也仿佛被禅过了一水，莫名其妙，又似有所悟。

说来日本庭园一开始就带有宗教色彩。凡事追本溯源，概念越宽泛，越不着边际，那事物越源远流长，乃至追溯到混沌未开之中。庭园亦如是。若据以史料，不妨抄一段《日本书纪》，本来是汉文：公元612年，“是岁，自百济国有化来者。其面身皆斑白，若有白癞者乎。恶其异于人，欲弃海中岛。然其人曰：若恶臣之斑皮者，白斑牛马不可畜于国中。亦臣有小才，能构山岳之形。其留臣而用，则为国有利，何空之弃海岛耶。于是，听其辞以不弃，仍令构须弥山及吴桥于南庭。”这就是造园之始。既有中国南方的桥，又有佛教的须弥山，兼收并蓄是日本人的天性。甚至可以说，宗教意识更先于审美意识。这种宗教意识基本是佛教的。神道为日本所固有，本来是一种自然信仰，没有偶像，没有殿堂，也就没有庭园。即便崇拜的是山林，用稻草绳之类圈起来当作圣地，也扯不上庭园的概念。受佛教刺激，神道这才有样学样，建神社，塑神像，也有修园子的。神社庭园不可能比寺院庭园更久远。或许也因其缺乏可附会的思想，神社的庭园几乎没什么看头儿。

枯山水庭园独领风骚之前，兴盛的是净土庭园。中国自隋代勃兴阿弥陀信仰，唐初发展为净土宗。7世纪的佛像，阿弥陀远远多过释迦和弥勒。这种信仰传到日本，盛行于8世纪末至12世纪末的平安时代。11世纪末王朝秩序衰败，朝廷政争演进为武力争斗，武士势力进入了政权中心。中央权力分裂，地方闹独立，世道混乱，呈末世之相。佛祖灭于公元前949年，从此正法衰微，分为正法、像法、末法三个时代。正法一千年，像法二千年，日本人掐指一算，1052年正好是末法伊始。推波助澜的是源信，此和尚编撰《往生要集》，教说“欣求净土、厌离秽土”，劝人念佛。口诵阿弥陀，心想佛尊容，临终之际阿弥陀来接引，去他所居的极乐净土，否则下地狱。净土思想对平安王朝的文学、美术等影响甚巨。人是急于行乐的，等不到死后，动手修建世上净土。汉诗文家庆滋保胤与源信有交往，所撰《池亭记》称，他在自家地界“高处构小山，洼处掘小池，池西置小堂，供奉阿弥陀”；“此外，青松岛、白砂汀、红鲤白鹰，小桥小船，平生所好，尽在其中”。这个有阿弥陀堂的庭园是净土式庭园的雏型。平安时代中叶有个叫藤原道长的，先后把三个女儿嫁入天皇家，一时间太皇太后、皇太后、皇后都是他女儿。像当时的贵族一样，他也皈依佛教，把《往生要集》常置座右，晚年修建法成寺。记述道长生涯的史话《荣华物语》中描写那庭园，“七宝桥横于金玉之池，杂宝船游于植木之荫”。道长就死在法成寺的阿弥陀堂，但有否往生西方的极乐净土就不为人知了。京都府宇治市的平等院有一座凤凰堂，它就是阿弥陀堂。11世纪初藤原道长之子赖通用家传别墅改建的，“水石幽奇，风流胜绝”，阿弥陀堂和园池大致完好地保存下来，被刻画在十日元硬币的表面，也列为世界遗产。藤原赖通的次子橘俊纲（给橘姓人家作养子）写了一本《作庭记》，是日本营造庭园的最古老著作。

远离京都的东北地方有一处净土庭园的遗迹。平安时代那里是陆奥国，盛产黄金，繁荣一百年，可能马可·波罗向往的黄金之国就是这陆奥。平泉是它的中心，在岩手县，2011年3月经受东日本大震灾，6月以“表现净土的建筑、庭园及考古学遗迹群”列为世界遗产。中尊寺有一座金色堂，金碧辉煌，是阿弥陀堂。凤凰堂与金色堂并为平安时代净土建筑的双璧。附近又有毛越寺，伽蓝已烧毁尢存，但苑池、庭石历经八百余年，依稀可见平安时代净土式庭园的样态。从山林间引水入池，蛇行逶迤，每年5月里新绿怡人，在水边举行仿古活动，曲水流觞。水边列坐古装男女，一觞一咏，咏的是和歌。

行脚与旅行

我们时常把日本叫小日本，古有蕞尔小国之说，但其实，从陆地总面积来看，日本在世界二百三十多个国家中位居六十二，比德国、英国大，比韩国和朝鲜合起来还大。若算上海洋面积，那就更大了，何小之有。日本主要由四个岛构成，最小的叫四国。四国岛上有四个县（相当于中国的省），其一是高知县，曾获得日本大众文学最高奖赏直木奖的女作家坂东真砂子出生在那里。她写过一部恐怖小说，叫《死国》，日语里死国与四国谐音。

这个小说改编成同名电影，演的是四国高知县有一个矢狗村，村里传说，反方向行脚，巡礼四国的八十八座寺庙，死者享年多少就要走多少圈，能够使死者复活。巫女家的莎代里十六岁死了，母亲照子执着地逆行，让她活过来继承家业。走完十六圈，莎代里活了，先就把母亲搂死在怀里……看得人毛骨悚然。

行脚四国八十八寺，叫四国遍路。获得诺贝尔文学奖的莫言说自己是讲故事的，未获诺贝尔文学奖的村上春树说，小说家是专门制造谎言的，总之，读小说不等于看历史。我们所目睹的现实将成为历史，即便是过眼云烟，譬如几年前菅直人行脚四国。那时他当着民主党的党首，在街头演说，攻击小泉内阁成员未缴纳养老金，唇枪舌剑，让自民党狼狈不堪。可他本人担任厚生大臣的时候也有两个月没缴，舆论大哗，他不得不讪讪地辞掉党首。虽然政府部门随后承认了行政有误，但他说要重新审视自己，剃了光头去行脚。

于是在电视上看见菅直人一副四国遍路打扮：头戴草笠，全身缟素，左手持念珠，右手拄金刚杖。现今行脚大都不再穿白布胶底的“足袋”，代之以轻便的白运动鞋。这一身白，似表示为人洁白，其实是赴死的装束。分明踽踽独行，草笠上却写着“同行二人”，另个人是谁？原来是弘法大师空海。

天不生仲尼，万古如长夜。这句话拿到日本说，就是天不生真鱼，万古如长夜。空海生于公元774年，唐代宗大历九年，俗名佐伯真鱼。自十九岁，长达十一年在四国等地进行山林修行。三十岁得度受戒,大概从此号空海。804年随遣唐使渡海留学，师事长安青龙寺惠果，接受灌顶，取名遍照金刚。806年回国，所谓虚往实归，也就是两手空空地前往，满载而归。816年嵯峨天皇敕许在高野山创立金刚峰寺。823年赐东寺，作为真言密教的根本道场。835年入灭，921年醍醐天皇又追谥弘法大师。历代天皇谥号二十七个，但一般说大师，都是指弘法大师号。死后更变为传说，敬大师为佛，形成大师信仰。有关水的传说尤其多，说哪里缺水，大师把金刚杵往地上一戳，汩汩涌清水，成井成池。不过，民间流传一句能遇难成祥的咒语“生麦大豆二升五合”，居然是谐谑“南无大师遍照金刚”。

同行二人，意思就是跟弘法大师一起修行。行脚的白袍子背后还写着“南无大师遍照金刚”，口中也念念。金刚杖最为重要，它是弘法大师的分身，与汝同行。但是在桥上杖不点地，因为有传说，弘法大师修行时曾在桥下过夜，而今犹在，不能弄出响动惊扰。草笠上还写了偈颂：迷故三界城　悟故十方空　本来无东西　何处有南北。这四句偈本来是真言宗葬仪写在棺材盖上的，四国等地现今也写在骨灰罐上，所以那草笠即是棺材盖。遍路简直在实践“死”，难怪四国是“死国”。或许除了死，也唯有行脚能让人暂时脱离日常的生活秩序。这种“装死”习俗也引人联想武士道对死的诠释。

“行脚”的日语读法是唐宋音。僧侣渡海到大唐留学、取经，自然也知道了行脚。平安时代（8 世纪末—12 世纪末）贵族中流行熊野诣，朝拜和歌山县南部的熊野三山，缕缕如蚁，逐渐成信仰。平安时代末叶，以京都及其周边的近畿地方为中心，兴起西国巡礼，朝拜三十三个观音灵地，行程约一千多公里。这种行脚晚到 15 世纪中叶普及于一般民众，“巡礼之人溢村盈里，背后贴尺布，书曰，三十三所巡礼某国某里”。三十三这个数，源于《法华经》的观音菩萨三十三面相。

后白河法皇（1127—1192，太上皇出家为僧，叫法皇）编纂的流行歌集《梁尘秘抄》中已见肩披袈裟、衣衫褴褛、常踏四国边地云云。看来这边地行脚是山林修行者的修行。沿海边绕行四国岛，且不止一周，这样行脚是梦想到达大海彼岸的常世之国（附会佛教，即观音菩萨在南海上居住的普陀山），僧侣们驻足向海遥拜常世之国的地方日后建起了一座座寺庙。12 世纪出现“高野圣”（也略为圣），他们是下层僧侣，从高野山游走四方，像推销员一样广布大师信仰，鼓动人们死后把骨灰葬到高野山。日本寺庙热衷办丧事就是从这儿开始的。泉镜花的小说《高野圣》即是写高野山旅僧的行脚故事。空海并不曾云游，但流传各地的传说有五千多，可能大都是高野圣们编造的广告。

弘法大师出生在赞岐国（今四国香川县），四国有好多他修行之处，大师传说也多，很早就产生了大师信仰。至迟在16世纪前叶，观音信仰被大师信仰取代，边地行脚出现了在家信徒的身影，行脚修行不单是和尚的干活了。边地，变写为“遍路”。江户时代（1603—1867）大体上天下泰平，交通整备，行旅安全，在这种环境中，百姓把愿望付诸行动，一路走下去，与“遍”照金刚相遇于旅“路”，四国遍路的宗教习俗勃然而兴。西国巡礼与四国遍路是日本两大定型化行脚。

四国遍路也可以逆行。例如日本女性史学开创者高群逸枝，二十四岁的时候为三角恋爱而烦恼，以撰写行脚手记为条件，报社给她十元钱，从九州渡海到四国，从第四十三寺开始逆行，行脚约半年，这期间在报纸上连载《姑娘巡礼记》，感人一时，也使她一举成名。她写道:从早到晚脚不停步，从第四十八寺到第一寺一泻千里，其间有名的烧山寺山路也安然无事地穿过。日本有一句谚语：让宝贝孩子去旅行。四国地方有习俗，长大成人的条件是出门走一遭，姑娘行脚之后才具有嫁人的资格。学生的修学旅行是这类传统习俗的变种。

菅直人行脚是顺行。1690 年成书的《四国偏礼功德记》（宥辨真念著）有言：不知谁人何时把偏礼（遍路）处定为八十八处。此书主要讲巡礼修行的功德，有病治病，无病免灾。据一处石刻推测，1567 年已定规八十八寺。至于为何八十八，日本虽然也把八当作好数字，却终归不明。参照后阳成天皇的弟弟 1638 年所著《空性法亲王四国灵场巡行记》，这些寺庙及巡行顺序基本上迄今无变化。1687 年，被称作四国遍路中兴之祖的宥辨真念出版《四国遍路道指南》，第一寺是灵山寺，在德岛县鸣门市。该县有二十四寺，兜一圈便进入高知县。从第二十三的药王寺到第二十四的最御崎寺，大约八十公里，寂寂无聊，想象菅直人在酷暑中默默行进，也真是苦行。遍历爱媛县二十六座寺庙，第六十六寺云边寺又坐落在德岛境内，云海可观。第六十七寺到八十八寺在香川县，古刹密集，路途曲折。第七十五寺叫善通寺，据说此寺就建在弘法大师诞生的故居遗址上，与高野山、东寺并称大师三大灵迹；按说这善通寺应该是遍路第一寺，却为何从德岛起始呢？可能是因为过去从京都那边乘船到四国，停靠鸣门港，灵山寺近在咫尺。第八十四寺屋岛寺据说是鉴真和尚于公元754年创立，供奉的木造千手观音坐像是10世纪的作品。德岛为发心道场，高知为修行道场，爱媛为菩提道场，香川为涅槃道场，一路跋涉，修行之心逐步提高。从头到尾徒步走下来，行程约一千四百公里，健步也得四十天。

倘若是行脚僧，手里还要托“铁钵”，沿途化缘。众生为路过的僧侣喜舍是功德，让行脚僧有如行云流水一般。四国人出于供养弘法大师，感谢来四国遍路，有接待传统。或在家门口，或定期在寺庙，供应茶点，乃至金钱、物品，免费提供住处。据说香川县人储蓄率在日本名列前茅，富裕人家多，对行脚尤为热情。总的来说，当地人对于四国遍路者的心情是敬意与蔑视并存。有人藉人家的好意，以遍路为生，被呼为乞食遍路，待以白眼。经济景气时行脚增多，虽然更多的是旅游，而经济不景气，四国遍路也有增无减。电视等媒体的宣扬鼓动起很大作用。某警察看电视，发现一个在四国行脚的人是十二年前杀人未遂嫌疑犯，逮捕归案。几十年前，患肺病、麻风病之类不治之症，被赶出故乡，来四国巡礼，指望弘法大师救治。对这种疾病遍路，人们也避之唯恐不及。《砂器》是松本清张最著名的推理小说之一，也大为成功地搬上银幕，又多次改编为电视剧，描写一个人的犯罪过程。父亲是麻风病患者，母亲离去，被赶出村子，小小年纪跟随父亲行脚，也就是流浪，凄凄惨惨。

俳人种田山头火行吟大半生，说人生即行脚。菅直人的行脚当然不会是观光，多少有一点政治作秀。虽然没携带家属和秘书，但报道的镜头前呼后拥，好不热闹。他断续走五回，走到第五十三寺为止，寺叫圆明寺，在爱媛县松山市。第五十四寺在爱媛县今治市，叫延命寺，如今民主党政权岌岌可危，倘若这位前首相接着走下去，或许能“延命今治”。

除了西国巡礼、四国遍路，江户时代民间还盛行各种行脚，譬如朝拜伊势神宫。19世纪头三十年的旅行热堪比经济大发展的20世纪后三十年。虽然是庶民的活动，但目的大都是含有宗教性。十返舍一九的小说《东海道徒步旅行》描写弥次郎兵卫和喜多八一路上滑稽可笑，却也不单纯是游山玩水，他们就是前往伊势神宫朝拜。

旅行以及旅游往往给人以文学的印象，譬如立马就想起芭蕉的《奥之细道》，其实，旅行与宗教更密切相关，旅行因宗教而发达，民众的宗教在旅行的历史中成型。事关时间、金钱、安全等，老百姓旅行并非易事，大概宗教的热情与意志最能让他们毅然出行。旅行产生于漂泊，而农民被束缚在土地上，对于他们来说，巡礼、朝山等行脚是出门远行的唯一机会。说到日本人的精神文化，其一是集团性，最明显的表现是集团旅行。日本人集团旅行的传统能上溯到江户时代。尤其是江户时代中叶，民众旅行一般都不是孑然独行，而是成群结队，其组织形式主要是“讲”。所谓讲，是几个村落为了一个共同的目的，志愿组成的互助性地缘集团。譬如伊势讲，就是为朝拜伊势神宫而组织，成员们凑钱，轮番前往，实现一生要朝拜一次伊势神宫的心愿。一旦成百姓活动，也就从虔诚的信仰行为演变为兼带观光游乐的消费性旅行。现今旅行社操办的旅行团几乎是“讲旅行”的延续，可以说，日本旅游业比欧洲早一个多世纪。放眼世界，当今已大有被中国人取代之势，但两国的旅行传统及文化大不相同，甚至可以说，如今中国人的旅游方式完全是日本式的。

交通手段使行脚习俗发生变化。自 1970 年前后私家车普及，以车代步，更多的是旅行社组织的巴士行脚，原始的徒步遍路者日见其少。甚至出现了直升飞机行脚，但不知机上有没有设置净财箱。庙所的最大改观是设置停车场。行脚简略化，旅游的元素和趣味越来越多。我也旅游过四国,不是步行,而是乘车。也曾登上第十寺（切幡寺）的三百三十级石阶，纵目四国山脉。

头头皆是道

日本凡事爱称“道”，例如茶道、花道、剑道、入木道。入木，出典是王羲之笔力入木三分，孙过庭《书谱》有“入木之术”一语，传到日本变成入木道，即书道。

日本自古引进中国的技艺、艺能，与本国的风土环境、生活方式相结合，渐渐就变成他们固有的了。1600年德川家康在江户开设幕府，另立中央，掌控三百诸侯，并且把“朱子学”（南宋朱熹重新建构的儒学）定为国家的学问与教育，借以改造从激情燃烧的岁月杀过来的野蛮武士，修身养性，为民表率，以维持社会秩序。日本人由此打下了国民教养的基础，彬彬有礼，令世界赞叹。就从这时候，大事小情用“道”字，附会道德，强调精神，丰富其内涵，形而下提升为形而上。

明治过半（元年为1868年），在引进西方文明的进程中物象更新，世风却日益浇薄，1890年颁布天皇的“教育敕语”，重振德育。虽然推翻了德川幕府，独尊神道，但足以充当道德思想之规范的，仍然是儒教以及佛教。江户时代已有之的“茶道”、“花道”、“柔道”叫开来。“武艺”改称“武道”。技艺、艺能，万般皆载道，又造了个“艺道”以统称。1926年改元昭和以后“剑道”取代“剑术”、“击剑”之类称呼，“弓术”、“射艺”也叫作“弓道”。

茶道、花道、香道是三大艺道。女性考一个点茶或插花的资格，谈婚论嫁时显得有日本女人味儿。实际上茶道常叫作“茶汤”、花道叫“生花”也是国际通行的叫法，似乎唯独中国人，非称之为“道”不可，往往把日本文化想得玄之又玄。倘若把“茶道”译作茶艺，“花道”就叫它插花，或许就能用平常心对待。“书道”跟禅并没有直接关系，我们还是坚持叫书法罢。“柔术”本来是杀人之术，作为强身健体的运动，改口叫“柔道”倒也减少些杀伐之气。“道”具有神秘性，由术入道就变成一种家业，父传子，师授徒，一脉相承，这种习俗或制度至今被当作传统残留于世。

剑道有“剑禅一如”之说，可能人们多是从武士小说里读来的。伊藤一刀斋的一刀流也罢，宫本武藏的二刀流也罢，终归是修炼杀人，而不是放下屠刀，从根本上违背佛教，何“道”之有。花道插花，花枝招展，香道闻香，香气氤氲，即便有“道”心，也基本是追求美的境界，而茶道喝喝茶而已，玄乎其玄就需要附加些东西，如瓷器、字画、点心；思想依据也较为复杂，有道教思想，也有净土思想，最具意识性的思想就是禅，所谓“茶禅一味”。如今中国茶叶店也多有搞茶艺的，用美女在那里摆弄，看上去确乎只能称“艺”，游艺或艺术，不足为“道”。茶禅一味的说法似有点高深，但回顾历史，原来茶和禅是一条道渡海而来的，也就不难理解了。

6 世纪后半佛教传入日本，百年后就有人从唐朝学来禅，但 7 世纪至 12 世纪先后流行法华信仰、密教、净土信仰，不具备接受禅思想的条件。1185 年前后源赖朝在镰仓开设幕府，自此至 1867 年德川庆喜奉还大政，天皇靠边站，武士掌权，日本史就依据幕府所在地划分为镰仓时代、室町时代、江户时代。武士不仅政治上统治，经济上获益，而且对抗以京都为据点的贵族传统，极力创建自己的宗教及文化。镰仓时代（1185 年前后—1333 年）兴起宗教改革运动，出现新佛教，从奈良、平安时代的仪式性佛教转向内省性佛教。新佛教当中有四宗脱胎于旧佛教，而临济、曹洞这两个禅宗是荣西和道元先后从宋朝引进的。镰仓佛教对日本的思想、文化影响甚大，当今人口约五分之三是佛教徒，大半属于镰仓佛教。中国禅宗史专家柳田圣山说："日本的禅是从镰仓时代之始的 13 世纪到江户时代中叶的 18 世纪，前后五百年，这么长时间里日本民族在这块国土上培育断断续续传来的近世中国文明之果，加以改良而开放的全新的花。"

荣西两度赴宋留学，1191 年获得临济宗印可，回国开创日本临济宗，但三年后被朝廷禁止。旧佛教盘踞奈良、京都，禅宗难以抬头，荣西去镰仓，幕府第二代将军源赖家欣然皈依。他无视朝廷禁令，不仅在镰仓，公然在京都也捐了一块地给荣西建禅寺。荣西晚年，道元曾求教：既然一切众生皆有佛性，又何苦修行。1223 年道元赴宋，学禅五年。也曾应幕府第五代执政北条时赖之邀，到镰仓教化半年。1244 年在远离京都的福井县创立永平寺，开山日本曹洞宗。1654 年，中国明朝也到了末年，临济宗高僧隐元来日本，开山曹洞宗，也得到德川幕府的支持。在中国，禅是高度发达的思想，而禅在日本是文化。对于武士来说，禅是用来修养精神、陶冶性情的，并没有多么大的宗教性。

净土真宗和禅宗的修行都简单易行。净土宣扬他力，完全靠阿弥陀佛的力量获救，而禅主张自力，所以民众容易信奉净土真宗，凭自力解决问题的武士更需要禅宗。而且，曹洞宗只管打坐，坐禅不是为得悟，而是要活得像佛一样，日常生活即修行。当时有一句谚语：临济将军，曹洞土民，意思是武士阶层多信奉临济宗，民众信奉曹洞宗为多。明治维新后武士没落，教团势力以曹洞宗为大。现今曹洞宗拥有一万四千余座寺院，七百多万信徒，超过净土真宗本愿寺派，居日本之首。

日本和尚去西天取经，眼光及手脚从不局限于佛法，总是把中国文化捆绑带回来。荣西不单拿来黄龙派的公案禅，还带回来抹茶吃法和茶种（也许是苗木），以及黄庭坚书法等。道元携陶工归。佛教学家铃木大拙指出："在镰仓、室町时代，禅院至少是学问艺术的仓库；禅僧始终有机会跟外国文化接触，一般人尤其贵族把禅僧敬重为教养倡导者；禅僧本身是艺术家、学者、神秘思想家；他们被当权者奖励而从事当时的商业，把外国的艺术品、工艺品带到日本；贵族阶级和政治统治阶级是禅门的支持者，很高兴修禅。"平安时代初期已经有僧侣带回来唐朝的团茶，但废止遣唐使，文人趣味的吃茶也逐渐衰歇。京都高山寺得到荣西馈赠的宋朝茶种，栽培成功，传播各地。第三代将军源实朝宿醉不适，荣西给他吃茶，豁然气爽，问是何物，荣西呈上著作《吃茶养生记》。被他宣传鼓动，各处禅寺吃起了抹茶。抹茶是把茶叶捣成齑粉，用热水沏，现今茶道仍然是宋代的吃法，中国人试饮却难以下咽，算不算数典忘祖呢。茶醒脑提神，或许有助于开悟。“山僧活计茶三亩，渔夫生涯竹一竿”，茶在中国就已经与禅密切相关。僧侣不绝于途，叫“煎点”的茶礼自然也传入日本。赵州和尚“吃茶去”开启了茶禅一味。

茶产量增加，吃茶之风从寺院、上层社会普及民间。吃得兴起，搞出赌博性游戏“斗茶”。奈良称名寺和尚珠光玩得忘乎所以，被逐出庙门。为洗心革面，跟大德寺一休和尚参禅。某日，用珍藏的茶碗点茶，递到一休面前，一休大喝一声，操起身边的铁如意打碎了茶碗。珠光纹丝不动，说：柳绿花红真面目。一休欣然：佛法也在茶汤中。满意之余，发给他开悟的印可，居然是北宋著有禅门第一书《碧岩录》的圆悟克勤大师墨迹，大概有抵偿茶碗的意思罢。珠光还俗，以村田为姓，这个村田珠光（1423—1502）就是茶道之祖。大约 14 世纪成书的《吃茶往来》已见“茶会”一词，在叫作“会所”的正式场所招待客人，器物、装饰以舶来品“唐物”为主。珠光对抗这种华屋珍器的奢侈之风，简素形式，填充精神，创立以简素静寂为本的草庵茶（闲寂茶）。

润喉解渴的茶被形式化，称作茶汤，进一步追求精神性，就成为茶道。好比把跑路变成体育运动的赛跑，那就需要训练了。吃茶有方式是为吃，而茶道为方式而吃。时见举办插花大赛，表明花道以及香道等犹有赛以至赌的性质，而茶道基本以“完善人格”为目标，讲求礼法。譬如“一期一会”（不是指望回头客，而是以一生就见这一次的念头竭诚招待），这种茶道之心是社交礼仪，听来有禅意。日本申奥成功，演讲里的“接待”一词成为流行语，这种接人待物的精神正是由茶道历练而成。茶道具有修养、礼仪、艺术、游艺等性质，尤其游艺性与修养性随世风消长。社会颓废时游艺性一面突出，就有人应时而出，强调修养性。19 世纪初，以江户为中心的庶民文化烂熟，人心不古，《茶禅录》一书便教说：茶意即禅意，不知禅味则不知茶味。

16 世纪茶文化波及与明朝通商而繁荣的堺市（位于

大阪湾东岸），有个富商之子叫武野绍鸥的，向珠光弟子学茶，跟大林和尚参禅，这位禅师为他题写：料知茶味同禅味，汲尽松风意未尘。绍鸥为珠光的草庵茶建构了审美。茶室由奢变简，采光昏暗，也不用色彩鲜艳的茶具。草庵茶的根底在于贫乏，但绍鸥是富人，四十出头就拥有六十多件贵重茶具，他说"茅屋系名马"，大概意思是在草庵里使用贵如"名马"的器具，那就在精神上欠缺真诚性，不过是玩玩草庵文化罢了。

绍鸥的弟子千利休使草庵茶大成。他是"三十年饱参（禅）之徒"，倡导"和敬清寂"；和与敬是儒教的，清与寂是宗教的。日本的宗教或文化向来是御用的，利休这个号乃天皇所赐，他先后为织田信长、丰臣秀吉当"茶头"，逐利不休，最终触怒了秀吉，剖腹自裁。弟子撰述《南方录》记录了千利休的茶道思想，即茶汤第一以佛法修行得道。

信长、秀吉这些嗜杀成性的武士为什么对"平和"以至于"无"的禅及茶道感兴趣，甚至酷爱呢？皇家及贵族失去了财力和军力，剩下的只有经年累月培育、积淀的文化，中心理念是雅。武士们想雅却雅不起来，于是速成地自创，主要是茶道。无须连篇累牍或拗口聱牙的教养，仍然以饮食为基本，动用全身的感觉器官，身体力行即可。再搭配从中国输入的字画陶瓷等艺术品，不就雅起来了吗？茶道当初很有点土豪文化的味道，秀吉真就用黄金建了一座茶室，恐怕是千利休负责制作的罢，虽然他标榜对崇尚珍器的既成价值观予以否定。MOA 美术馆有黄金茶室的复制品展示。

武士为主子尽忠效力叫“奉公”，主子保障武士的领地或赐予土地叫“御恩”，以此互利，构成武士阶层的上下关系。论功行赏，没有那么多土地，便赏赐茶具。未必都爱好茶道，但茶具是舶来品，价值不菲。武将松永久秀是一位“茶人”，师事绍鸥，他有个茶釜，茶道用来烧水的，名为“平蜘蛛茶釜”，织田信长看上了，再三索要都不给。后来松永反叛，兵败，信长命他献出茶釜，饶他不死，但松永把釜中装满了火药同归于尽，据说是日本史上首例自爆。

茶出于禅寺，自来有禅味。插花源于用花供佛。据文献记载，1462 年顶法寺住持池坊专庆把几十枝花草插在金瓶中，供奉如意轮观音，惊艳京都人，由此诞生了插花艺术。世代相传，五百多年来顶法寺住持始终是池坊这个插花流派的最高指导者。僧侣往来，镰仓时代随禅宗传入的宋式建筑、书法被称作“禅宗样”。书法之道在日本大成，乃至有超越本家之势，而且书道的发达也促成假名的发明。研墨挥毫要静气凝神，这到底是坐禅，抑或朱子学的居敬静坐，其实也难以说清。

室町时代（1392—1573）镰仓、京都各有五座临济宗寺院被定为最高规格，由幕府管制。镰仓是建长寺、圆觉寺、寿福寺、净智寺、净妙寺，京都是天龙寺、相国寺、建仁寺、东福寺、万寿寺，而南禅寺更在这十山之上。在五山官寺制度下，禅僧们积极介绍中国文化，兴隆文艺。他们的汉诗文称作五山文学，奠定了江户时代儒学发展的基础。禅艺术也绚丽多彩。平安时代的审美基本是抄袭中国，而镰仓时代以来的禅逐渐创辟了日本的独特审美。譬如枯山水庭园，由实用变为象征，从华丽转向素朴，表现超现实的禅世界。

对于上层社会来说，佛教是一种智，而对于民众来说，佛教是一种情，作为感情，不学无知也都会明白。即便在佛教中，禅也属于智能型，合乎知识人胃口。禅对于现世利益有一点淡漠，不大容易扩散到庶民当中。宋元的禅已经从山中转向市井，平常心是道。日本的多灾环境和简素生活仿佛更天然地具备接受禅的条件，与其说禅造就日本人，不如说恰好很适合他们。长年在榻榻米上起居，惯于坐，坐禅似乎也不是难事。樱花蓦地开放，蓦地凋零，看着就不免感悟世事无常。江户时代临济宗愚堂禅师有偈：原来佛法无多子，吃饭吃茶又着衣。不单单文化，日本的日常生活也多与禅寺有关。茶是荣西带来日本的，江户时代初叶来日本的明僧隐元带来了明朝吃茶法，从此日本人普遍喝起了绿茶。他还带来芸豆，日语就叫它“隐元”。盐渍萝卜“泽庵”据说是一度被德川幕府流放的临济宗和尚泽庵的创作。“纳豆”从寺院流传民间，“卷纤汤”也本来是镰仓建长寺的伙食。正因为多出自寺院，所以日本饭菜很清淡，淡出了禅味。禅宗有清规戒律，威仪即佛法，作法即宗旨，道元撰写的《典座教训》规定了筷子用法，一日三餐照着做就是修禅。这也是日本人饮食规矩的教科书。莫非太日常，川端康成被评论“禅与文学”，却不会像给远藤周作贴上天主教作家的标签那样，称他禅作家。

中国禅传到日本，生成日本禅，由于铃木大拙的英语写作而走向世界，几乎是日本文化在国际上的象征。外国人看小津安二郎的电影也觉得看到禅。日本“头头皆是道”，唯独没有味道，民以食为天，我国就最讲味道，试试用禅来诠释并张扬我们的味道如何呢？

禅宗不立文字，但道元著述甚丰，其《正法眼藏》有云：“学佛道乃学自己，学自己乃忘自己。”吃茶去。

AV女优

甚矣吾衰也，久矣吾不复观赏AV。

“AV”（adult video）是日本造的词儿，全称成人录像，为满足性欲的影像作品，好似活动春宫图。所谓成人，是暗喻猥亵；20岁长大成人，但18岁以上就可以看成人录像。AV通常指日本所产，欧美的叫作色情（porno）。若翻译过来，统统的黄色录像。专门拍AV的女演员即“AV女优”。

AV这两个字母，前者站着时挺拔如模特，系了一条兜裆布，后者脱下便两腿朝天。AV有合法的，有非法的，性器官裸露而不加遮掩即属于不合法，因为日本刑法有一条“猥亵品颁布罪”，触之为非。什么是猥亵呢？法官裁决：单是兴奋或刺激性欲，损害普通人正常的性羞耻心，违反善良的性道义观念。若照此衡量，哪怕是雾里看花，AV 也大有风月宝鉴之用，压根儿不合法。况且马赛克遮掩，无限地接近透明。这就是法律的虚伪。事关刑法，扫黄是警察的职责。开办 AV 经纪公司的人多数曾干过飙车族、暴力团、骗子小偷之类勾当。这桩生意，只要诱得来女人，带给摄制厂家，就可以拿钱，近乎人贩子。AV 是灰色行业，其存在靠的是警察方面的“宽容”。侨居日本二十余年，眼见警察越来越不作为，或许是不愿给时代揩屁股了：他这边认作猥亵品没收、罚款乃至逮人，舆论却大哗为艺术。猥亵乎艺术乎，确乎不好判断。三岛由纪夫年轻时看一幅西洋名画，看着看着就人生第一遭自泻了。

AV 历史并不久。1970 年美国对色情解禁，日本 1981 年 AV 起步。随着录像机普及而兴盛，出现以出演 AV 为生的 AV 女优，1990 年以后演进为假戏真做。日本文化被美国人定型为耻文化，知耻而后勇，便勇于看 AV 录像。讨厌 AV 也大有人在，1984 年兴起的录像带出租店需要隔出个“密室”专营，以免辱道貌岸然之目。

AV 基本是男人的消费品，其内幕鲜为人知。2012 年幻冬舍出版了一本《当工作干的 AV 女优》，将 AV 列为三百六十行之一，述之甚详。作者中村淳彦是四十岁的自由撰稿人，自1998年采访AV女优以及红灯区女郎、流莺，每周一人，付诸报端。十年间采访七百来人，出版了《没有名字的女人们》系列，2010年改编成电影。

据说，AV业兴衰30年，先后有20万人从业。每月有将近两千部AV新作上市。女人为什么干AV这一行？或者，为什么裸了自己？一个年轻女性走在街上，被打扮得怪模怪样的“星探”拦住：喂，你过得快活吗？想不想变作另一个人，那可有意思。停下脚步听他聒噪的，十有八九是“地方人”。过去也好，现在也好，涉足AV业的，大多是地方进城讨生活的女性。对于她们，大城市就是一个陷阱。背井离乡，下了车两眼一抹黑。本来想升学或就业，却是大不易。当然也有人出于好奇，或寻求刺激，但多数是苦于生活，一咬牙投身AV。拍AV是沉重的肉体劳动，而且被用了就扔。录像带变成DVD、光盘，容量增大，表演的劳动量随之增加。经济不景气，AV行业也萧条，半数以上的女优得不到出镜的机会。据中村淳彦调查，现有AV女优六千至八千人，其中四千至六千每年被替换。也有过日进斗金的好年月，但如今百分之八十以上的AV女优拍一部片，酬劳不过几万日元，远远低于世间的想象。当AV女优是女性谋生的最后手段，就业竞争率为二十五倍。供过于求，经纪公司就挑挑拣拣，已不是什么人想脱就脱、脱了就赚的时代了。对于她们，甚至对于整个AV业，或许最好的出路是“雄飞”大陆，不是已经有一个两个成功的范例么？国男们对日本女人感兴趣，未必是她的从良，而是有前科，但大国毕竟是宽容的，咯吱咯吱，哈哈……

AV经纪公司大约有150家，招募广告差不多：当场付钱；快乐的工作；简单，谁都能干；不会暴露。女人舍身当AV女优，最担心的是曝光，一旦败露就不好做人。地方，尤其田舍，向来是保守的，被家乡亲人发现那可就死定了。人却有侥幸心理：每年有那么多AV上市，看的人很少，自己怎么会那么倒霉，偏偏被熟人看见。摄制公司也采取措施，譬如不在发行量大的报刊做广告，原籍作假（日本有标示年龄、原籍的习惯）。不过，与时俱进，随着社会伦理的衰败，现而今谁当AV女优，在镜头前脱光、做爱，制作DVD或上网，流传日本乃至世界，似乎都不足为奇了。甚至90后也有得到家长或恋人慨允而堂堂当AV女优的，丝毫不觉得羞耻或亏心。网络发达，女性们自己上网查询、应征，“星探”失业。尽管人心不古，社会越来越宽容，但皮肉工作者仍然会落入不被人信赖、难以恋爱、遭周围蔑视的境地，凄然孤独。金盆洗手之后，这一段阅人无数的经历也不能写进履历。

记得有一次演讲，被听众问及：为什么日本AV拍得那么好。无言以对，便反问：那么，你是跟哪个国家比较呢？有一位说嘴比绘画更出名的画家曾大谈AV，贬斥国人嫖妓不在行。当然他不属于“国人”之列，但恐怕问题应该是先有这行，而后才能在行。

浮世绘的纠结

大英博物馆定于2013年10月举办《日本的春画——江户美术中的性与幽默》展，将展出葛饰北斋、喜多川歌麻吕等浮世绘师的一百五十余件作品（传闻该馆收藏春画二百五十件），却让日本很纠结。

浮世绘，像艺伎、相扑、人形净琉璃一样，这些词儿我们中国人一听就知道是日本的传统玩意儿。它这是第二次让日本纠结了。

1603年德川家康被封为征夷大将军，在江户开设幕府，掌控天下，以至1867年第十五代将军把大政奉还给明治天皇，史称江户时代或德川时代。这二百六十年间可算日本历史上的太平盛世。盛世的文化是世俗的，享乐的。浮世绘是这盛世文化的产物，为大众所喜闻乐见。

主要有四种题材，起初是女性风俗画，继之画歌舞伎演员以及相扑力士，19 世纪开始画风景，还有一种是春画。1853 年日本被美国炮舰敲开了国门，便拿来西方的眼光，看哪里哪里蒙昧，看什么什么野蛮，于是搞文明开化，“破旧来之陋习”。浮世绘也成了敝屣，出口瓷器就用它包裹填塞。却不料废旧浮世绘震惊欧洲，据说梵高收藏了五百来件。毕加索也收藏，2009 年底在巴塞罗那举办展览，题目是《毕加索与日本春画》，展示他所藏十九件春画，以及他描绘的色情作品，两相对照，影响自见。不过，把他画的章鱼与女人跟葛饰北斋的《蛸与海女》比较，就难怪陶艺家北大路鲁山人见了毕加索之后说：我才是艺术家。敝屣或敝帚被欧洲人看好，日本人纠结之余，赶紧把浮世绘捡回来骄人，但迄今竟没有一件被指定为国宝。

评论家加藤周一说：“德川时代的绘画，重要部分是浮世绘版画，浮世绘版画的重要部分是春画。”春画可说是浮世绘师的特技。不同的文明对身体有不同的态度。身体发肤，受之父母，这人体就不再是自然的了。中华文明圈重视的是人的社会性，基本上没有把裸体理想化的愿望。西方自希腊以来美术的重大主题之一是人体，特别是裸女。而东亚美术，除了从印度传来的佛教美术，几乎看不到裸体的表现。即便是春画，也不大看重人体，多是露出下半身，很少有全裸。16 世纪末从明朝传来春宫秘戏图，日本也大画春画，且别开生面，尤其是夸张，足以击破韩国人李御宁对日本文化的定性：把一切东西往小里缩。男根超现实主义地巨大，或许是基于生殖器崇拜，却怎么看怎么滑稽。好似荤段子，春画也叫作“笑绘”，对于性不是否定而是肯定。只画想画的，为之而违反自然法则，姿势与尺寸大加变形，突出男女目的之所在。17 世纪至 18 世纪末，春画最彻底地表现男女平等的原理，19 世纪以后越来越着意于男人的攻击性，画面更刺激、倒错，常带有残忍性。

爱因斯坦的理论与毕加索的绘画是人类史上最难解的双璧，毕加索有三百四十七幅被认为色情的铜版画，有人说看着不淫，或许那是看不出淫在哪里也说不定。春画是大众艺术，也可以用来纸上谈兵，抵得上后世的 AV。所有的男女都在心底描绘着春画，而画家把它画到了明面。康熙大帝正人心，厚风俗，1714 年发出一道上谕:“近见坊间多卖小说淫词，荒唐俚鄙，殊非正理。不但诱惑愚民，即缙绅士子，未免游目而蛊心焉。所关于风俗者非细，应即通行严禁。”几年后，德川幕府也发布“好色本禁止令”。我们喜欢以为日本是儒教的，其实，有禁欲一面的儒教伦理主要在江户时代前半被推行，也只停留于上层，基本未深入民间。禁而不止，各色人等乐此不疲，江户年间乡下所谓浮世绘基本是春画。艺术家探究人性，也探究人的性，被道德化的大众看他们很下流，但时代有变，大众露出了本性，往往更下流。

全盘西化，不仅衣食住行改观，而且被洗脑，西方人说美就是美，他们看着丑，兜裆布、混浴什么的，日本人就害羞了。但是化，谈何容易，结果只是造成了审美混乱。跟大清打仗，士兵把春画当作护身符带在身上，刀枪不入，真就打了胜仗。未几，1895 年 4 月黑田清辉在京都博览会展出裸体画，被攻击为伤风败俗，第一个遭禁。后来展览裸女画需要用布遮掩下半身。裸体画美，春宫画淫，当初也是西方文明教给日本的，却不料他们如今又看出“江户美术中的性与幽默”了，这可教最善于脑筋急转弯的日本人也仓皇无措，大英博物馆打算把《日本的春画》展巡回日本，还没有哪个美术馆应承。纠结啊，日本人自古就这么被外来思想折腾。

二十五年前（1988 年）加藤周一写道：“日本人在日

本不能看日本人的独创性工作，从歌麻吕的春画到大岛渚的电影，只得在外国看，这种状况是滑稽的，悲惨而愚蠢。不消说，这显示今天日本的极端的后进性和非国际性。”至于我们，当下还是记取鲁迅的语录罢：“我所希望的不过愿其有一点常识，例如知道裸体画和春画的区别。”

千年友好的画皮

当过总理、如今又当上副总理的麻生太郎有一张“撇式大嘴”，国民常拿来画他的漫画像，这张嘴以“失言”著称。例如今年（2013 年）初，日本人刚过完年，他就失言了。那是在社会保障制度改革国民会议上，撇着嘴就说：本来很想死，也被插上管子苟延，与其花政府的钱，不如赶快死掉的好。媒体向来对政治家的失言大感兴趣，一哄而上，兴尽而散。政治家虽然常藉以抛出心里话，但这样玩脱口秀毕竟有危险。

不过，5 月 4 日在印度演讲后答问，他说“中国与印度在陆上，与日本在海上相邻，但我们长达一千五百多年，和中国的关系非常融洽的历史大概是没有的”，却并非失言，而是道出了一个史观，足以代表他很多同胞。这话说得不免像日语的“井户端会议”——扯老婆舌，诿过卸责，挑拨离间，但若以大放厥词而置之，照旧不往心里去，那就不要当人家日后合起唱来，又作“友邦惊诧”状。

一边写小说一边执掌东京十余年的石原慎太郎不“混”，自许漫画迷的麻生太郎也不“麻”不“生”，二人都直奔乃至狼奔既定的主题。好些政治家不像他们那样说话做事，其实是隐忍不发，因为可能说出来就是火，惹火烧身。于是乎中国和日本两千年友好、五十年干戈之说得以流行，历史仿佛真就是那样了。麻生的恶言恶语撕掉了几十年来蒙在中日关系史上的友好画皮。这画皮主要是中国人创作的。其一是郭沫若，用他的如椽之笔，例如那首词，祝中日恢复邦交有云：“堪回首，两千年友谊，不同寻常。岂容战犯猖狂，八十载风雷激大洋。”郭是史学家，却罔顾史实，趋时应景，大概是出于政治需要。以史为鉴，那历史应该是真实的。如风月宝鉴，历史这面镜子两面皆可照人，往往正面是虚假的，反面才真实，瞧正面瞧多了，反要了卿卿性命也说不定。

有个叫小仓和夫的，最近出版一本书，名为《日本的亚洲外交》（藤原书店，2013年2月），概述了“过去日本和中国交了五次火，除了宋朝，中国的主要王朝或政权哪个日本都打过仗”。此人曾历任日本驻越南、韩国、法国的大使，著有《巴黎的周恩来——中国革命家的西欧体验》《中国的威信 日本的矜持》等书。战败后日本的亚洲外交一直看美国的脸色行事，若不听话就会被搞下台。近二三十年来美国松绑，日本也极力挣脱对欧美的从属，欲重建亚洲外交。小仓认为，这就需要考察国际社会唯欧美马首是瞻以前日本怎样跟亚洲打交道。剖析这五场战争，他的结论是，日本的亚洲外交始终受内政的影响而欠缺放长眼光的战略性。考虑战略外交时，不能只是把国家作为物理的领土，而要视为应体现某种精神的精神空间。

说到唐代，人们乐道遣唐使，两国的关系给人以文化的、和平的印象，但史实是平安朝自公元630年遣使赴唐，三十年后中日之间就发生第一战，即所谓“白村江之战”。当时朝鲜半岛上三国鼎立，唐军救援新罗，灭百济。遗臣泣日庭，天智天皇先后出兵五万余，与唐军海战，被打得落花流水。据说此后日本遣唐有十八次之多（包括未成行），固然是修好之举，但更其要紧的是取经图强罢。常有人说日本欺软怕硬，可是从这场大战来看，那时日本还叫倭，就敢于挑战强过N倍的大唐。

第二战是“蒙古袭来”，时当镰仓幕府时代。忽必烈的铁蹄也要跟日本“通问结好”,数次遣使,但“日本国王”不答复“大蒙古国皇帝奉书”，不仅不“感戴来朝”，甚而把来使砍了头。元与高丽联军入寇，掳掠而归。日本拟反守为攻，出兵高丽，未果。南宋灭亡后，忽必烈再度出兵。兵分两路，江南军从宁波渡海，战船三千五百艘，兵马十万，主体应该是降元的宋军。一场台风袭来，溺毙过半，积尸成岛。元军大败，只有少部分人逃回国。日本人相信风是神风，国是神国，而中国人留下了“倭人狠不惧死，十人遇百人亦战，不胜俱死”的印象。

第三战在战国时代。丰臣秀吉统一了日本，觉得日本小了点儿，打算把天皇搬到北京去，他定居宁波，振兴贸易。1590年遣使朝鲜，“假途入明”被拒绝。1592年出兵朝鲜半岛。明军入朝，与日军交锋。丰臣病亡，这场战争不了了之。

第四战即明治时代的日清战争（甲午战争）。外相陆奥宗光给总理伊藤博文写信，道：今日我对朝鲜之势力犹不及支那之积威。为压倒清，扩大势力，主张清军先撤走，引发了这场战争，清军一败涂地。

第五战就是民国年间的中日战争了。1927年和1928年蒋介石两度北伐，日本先后向山东增派兵力，而且攻击济南城，驻留的北伐军死伤数千人，揭开了中日战争的序幕。

综观这五场战争，明里暗里与朝鲜半岛有关。据日本史书记载，公元200年神功皇后怀着孕出兵朝鲜半岛，“征伐三韩”。似乎从此日本人想到朝鲜半岛，就是想干涉、征服、统治。“八十载风雷激大洋”，这个账从甲午战争算起罢，战争未发生在中国本土，就算作友好了？钓鱼岛之争或许能搁置，但朝鲜能否搁置倒行逆施就不好说了，只望它不再是战争导火索。

不打仗的岁月也不等于友好，可能不过是相安无事，甚而在卧薪尝胆，酝酿下一场战争。共和国这一朝，友好叫得欢，但订交四十年，摩擦不断，当下甚至已剑拔弩张。战争没有打起来，人们的心头已罩上阴影。以后再破冰融冰，相逢一笑，也得给这笑找出些理由来，譬如右翼一小撮，破坏友好者云云。祖上也曾阔过的历史给中国人养成了一种脾气，那就是自以为是，最终欺不了人，只是自欺，自我安慰罢了。听说日前有国人造访新潟县，县府召集五、六岁的孩子击鼓欢迎，远客大大地感动，

就从懵懂无知的孩子们身上看见了中日之间的草根交流，

看见了中日友好未来的力量。这正是中国人说梦。

假设……就会有别样日本

15世纪欧洲诸小国竞相发展，犹如中国春秋无义战，铿铿锵锵，一片片海洋都被他们占了去。假设……假设中国少一点皇恩浩荡的念头，不到处买好，汲汲于利，郑和之后继续下西洋，称霸海上，或许不至于如今才有了一艘航母，却招人说三道四。

历史没有假设，人死不能复活。但分析历史，总结历史的经验或教训，其实就是在假设，虽然常难免事后诸葛亮之嫌。保阪正康著《假设的昭和史》，"考察在某个史实的某个断面、某个局面若另有选择，史实会变成什么样呢"。上下两卷，截取1920年代至1940年代的日本历史提出了四十九个假设，其中只要有几个当年不是假设的话，兴许就会有一个别样的日本。如：假设日本不退出国际联盟，假设日共干部不在狱中变节，假设二二六造反部队占领了皇宫，假设德国驻华大使为日中斡旋成功，假设日本研制出原子弹，假设日本被美苏分割占领，假设日语改用罗马字……

1926年蒋介石任国民革命军总司令，誓师北伐。1928年张作霖从北京乘火车退回奉天（沈阳），车将抵达，发生爆炸，这位东北王伤重不治，而跟随他乘车的日本人顾问，叫町野武马，却已在天津下车而去。町野说，他在天津下车，是前一天张作霖命令他协助张宗昌抵抗北伐军。1961年町野曾经对作家山本有三口述历史，但三十年过后开封，并没有多大的史料价值。炸死张作霖，这一事件始作昭和年代的军事主导体制之俑，“在哪里提出假设才能看出史实的背面呢？”保阪正康认为，町野在爆炸之前下车，对于历史具有颇大意义。假设他知情，车到天津就逃之夭夭，说明炸死张作霖是陆军当局的意思；假设他不知情，冥冥之中躲过一劫，那就是关东军的疯狂，为扫除有碍于制造满洲国的张作霖，赔上老前辈（町野毕业于陆军士官学校，与事件当时的关东军参谋长斋藤恒同期）也在所不惜。

对往事如烟的历史作出假设，需要有学识、史观、良知。假设往往就是编故事，或许更属于历史小说家的擅场。例如台湾小说家高阳在历史小说《玉垒浮云》中替张学良假设：与张作霖同岁的町野武马，虽有军籍，但跟日本陆军的关系不深，自从三任共九年任期满后，改充张作霖的私人顾问，每年从五夫人手中领取交际费三万元，到日本活动的对象，大致是财界、满铁及“玄洋社”——“黑龙会”的重要人物；在军界，常接触的只有一个影响力不大的上原勇作元帅。町野武马由于跟关东军的关系不深，不可能参预密谋，但却可能从其他方面得知消息，只不敢公然明言而已。

又有个俄国小说家，叫德米特里·普罗霍洛夫，2000年与人合著《GRU帝国》，假设皇姑屯事件乃苏联情报机关的纳乌姆·伊萨科维希·爱金孔所为。2005年一位英藉华人女作家和丈夫联手出版了一本传记，其中有这样一段话：炸死张作霖事件一般认为是日军干的，但是据苏联情报机关的资料，最近清楚了，实际是按照斯大林的命令，纳乌姆·爱金孔（此人后来参与暗杀托洛茨基）策划的，伪装成日军的勾当。（据日译本转译，但不知日译准确与否）所谓据苏联情报机关的资料，恐怕不过是取自普罗霍洛夫的假设。2006年该书日文版上市，这段话引起日本媒体注意。不过，普罗霍洛夫始终未拿出史料证据，而且日本没有一个史学家对此说感兴趣，闹哄的都是些论客。

说来有些历史就是当时的假设造成的。日本投降后，苏联、英联邦等都要把天皇列为头号战犯，但占领军总司令麦克阿瑟假设：处刑天皇可能会引发游击战，因而不可伤及他一根毫毛。经麦克阿瑟同意，1946 年昭和天皇巡行各地，到处都受到狂热的欢迎，麦克阿瑟不由地担心出现反占领军倾向，又命令天皇好好待在皇宫里。天皇有退位之意，麦克阿瑟耳闻，悄悄传话：那是不可能的。保阪正康假设昭和天皇真的退了位，就可以明示天皇对那场战争心怀多么强烈的自省之念，日本战败后社会就不只是单纯表面上比战前有所改变，而且包括太平洋战争在内的昭和这一时代的历史意义也大有变化。

一个史实的形成有前因，还有当时的环境，回头再来一次，假设未必能变成现实，未必就做得更好。保阪正康的假设大都不是从时代所具备的现实条件提出来的，一厢情愿，希望那么一来就避免了战争，历史的进程会一路和平。卢沟桥事变后，日本向中国出兵七十余万，其中也有人退伍回乡，讲述侵华故事，使陆军部担忧会暴露“皇军”所作所为的真相，于是草拟了一纸关于指导、取缔还乡军人言行的通令，其中列举不当的夸夸其谈，如战斗的时候最高兴的是掠夺，参加战争的军人挨个是杀人抢劫强奸的犯人，战场上长官下令却没人冒着弹雨往前冲。保阪正康写道：士兵们夸张、虚伪、隐瞒事实的证言也延续到战后社会。被虚伪证言洗脑的国民当中，至今还有人不相信日军的野蛮行径，公然说那场战争败给了美国但战胜了中国什么的。假设陆军部、媒体当时公布了这样的内部文件，有勇气纠正军纪……让老百姓知道战争另一面，打下去的能量就会一下子变小。这样的假设，完全忽略了军国主义的本质，甚至要觉得作者过于天真，甚而有点肤浅了。

保阪正康是纪实作家，专攻日本近现代史，著述颇丰。自2006年在周刊杂志上连载《昭和史溯往》，历史五年余，结集第十二、十三卷即《假设的昭和史》。

古典四大戏

“艺能”本来是中国词，传到日本后含义多起来，近年被我们拿回来，例如“艺能人”，好像专门指日本的以及韩国的演艺圈人士。“传统艺能”，指的是古已有之的艺术和技能，从诗歌到工艺，物质的、非物质的，包罗万象。大都来自中国及朝鲜半岛，加以改造，就成了日本的。不大有明治维新以后受西方文化影响的现代性，年轻人不那么亲近，常用来向外国人说明何谓日本文化。传统艺能当中的“演剧”：能、狂言、歌舞伎、人形净琉璃，被称作四大古典戏剧，各具特色，均列为联合国教科文组织的非物质文化遗产。

能与狂言合称“能乐”，是日本代表性艺术，甚至说日本菜就是生鱼片，说日本戏就是能乐。本来叫“猿乐”，源头是奈良时代（710—784，京城在奈良，即平城京）从中国传来的散乐。这是民间文艺，包括曲艺、杂耍、歌舞等，还摹仿猴子的动作，夸张而滑稽。逗人发笑的摹仿逐渐地一枝独大，平安时代（794—1192，京城在平安京，即京都）干脆叫“猿乐”。有人说“猿”与“散”发音相近而替代，也有人说像猴子一样在神前献舞叫“神乐”，去掉示字旁，变为“申乐”，申猴酉鸡，再变为猿乐。明治维新后大搞文明开化，嫌猴子不好听，改口叫能乐，却到底闹不清能为何叫它能。

镰仓时代（1185前后—1333，执掌国柄的幕府在镰仓）中期猿乐在佛寺神社的庇护下形成“座”，即剧团及剧场。从这时起，猿乐分成能和狂言，相辅相成地发展，现今已经是完全不同的剧种，如果说能是用面具装扮的典雅的正剧，狂言就是以素面的庶民为主人公的滑稽戏，但仍然同台演出。室町时代（1392—1573，幕府在平安京的室町；自1467年的后期亦称战国时代）各座竞艺，“大和猿乐四座”之一结崎座班主观世弥技艺超群，大得人气。带着十二岁的儿子世阿弥向明朝封之为日本国王的幕府将军足利义满献艺，从此与武士阶层结缘。世阿弥（约1363—约1443）把以模仿为主的猿乐改造为以幽玄为理想、以歌舞为主体的艺术，后世基本上因袭他确立的样式，几无变化。世阿弥有二十多部著作传世，其中《风姿花传》奠定能艺术论。此书本来是家业宝典，秘不外传，1927年被岩波书店刊行于世。传统艺能大都是口传身授，子承父业或师徒相传，其价值在于保守，不在于创新。

战国时代幕府失势，四座流散各地，得到诸侯的保护和扶植，能文化普及全国。将领在阵前也要演几下，以示威严而冷静。16世纪末叶统一了日本的丰臣秀吉更好能，举办“演出节”，三天里亲自演出了十六出。他还把散在各地的猿乐座编入大和四座，即观世（结崎）、宝生、金春、金刚，加以掌控，政权就有了附属文化。能舞台成型，服装愈发华丽，迄今使用的面具样式也大致出齐。江户幕府（1600—1867，德川家康在江户开设幕府，史称江户时代）将四座从大阪迁移到脚下，主要为幕府典礼服务，表演越来越庄重。江户时代的社会是武士社会，艺人被赐予武士身份，就好像国营单位拿工资。剧目按主题及角色类型分作神、男、女、狂、鬼五种，规定一天从早到晚按顺序演五出，颇费气力和体力。四座之外又许可多喜流，这四座一流就是当今能乐协会的前身。武士本来是武装的农民，德川幕府引进朱子学，规定为武士必修课，并借助能乐、汉诗等文学艺术修养他们的审美。

能的主角戴面具，脸符号化，喜怒哀乐全是它。不戴面具也不做任何表情。能面基本有六十来种，现在多到二百几十种。面具小一圈，扣在脸上露出下巴颏，长在了脸上一般，下巴的蠕动令人紧张。若看不出幽玄之美，那就够幽森的。舞台动作几乎是几何学的，迟缓得近乎懒梳妆。身体像僵尸一样挺然，脚下滑步，万般无奈地伸伸胳膊，基本与台面平行则止，舞而不踊（日本艺能的舞是横向动作，强调静，表现肃穆，而踊是纵向动作，富有生气），看出门道的便说是造型柔和、宁静、典丽。仿佛死在眼前也不动摇，这种形式美令武士着迷，从中看出武士之魂。中国人被招待，大咧咧坐在前排，过一会儿那里就一片白地。

江户年间大约有二百多个剧目定型，多取材于《源氏物语》《平家物语》《雨月物语》等古典文学，现今也常演不衰。明治（元年为 1868 年）以后创作的剧目叫“新作能”，据专家调查，1904 年至 2004 年一百年间演出过三百多出。有取材于近现代诗歌、小说、戏剧等文学作品，乃至漫画的，例如 2006 年上演的《红天女》，但多数取材于时事或事件，例如 2005 年上演的《原子弹爆炸祭》。

三岛由纪夫曾改编八个能“谣曲”（脚本），对于能走向世界颇有贡献，但这些作品只能算作“现代戏”。濑户内寂听的短篇小说《黑发》是取自《源氏物语》的故事新编，据之改编的《梦浮桥》2000年以来已上演十几场，有待于舞台上反复打磨，庶几能成为保留剧目。

能乐在形成过程中有否受13世纪后半叶完成的元杂剧影响，研究者说法不一。日本跟宋朝及明朝贸易兴盛，商贾、僧侣不绝于途，按说元杂剧应流入日本。但类似也可能纯属偶然，未必有直接的影响。

据说能这种舞台艺术很难用影像再现，因为“不动为能”，它要表现的不是动，而是静，把静发挥到极限。传统艺能自然会影响新兴的综合艺术电影，例如成濑巳喜男执导的《歌行灯》、沟口健二的《雨月物语》、新藤兼人的《铁轮》等。黑泽明的所有电影几乎都或明或暗地利用能元素，例如《蜘蛛巢城》《乱》这两部影片采取能的结构和表现将莎士比亚戏剧完全日本化。他还曾开拍《能之美》，不知何故夭折了。

狂言是笑剧。猿乐，指滑稽的技艺，就此来说狂言才继承了猿乐本来的艺脉。能取材于历史或古典文学，载歌载舞，而狂言是插科打诨似的台词剧，以庶民的日常生活及民间传说为素材，具有反映世相的讽刺性。能是象征的，而狂言写实，有点像小品，基本用人脸演喜怒哀乐。狂言面具不发达，只有二十来种，表情很夸张。同台交替演出，能的理想性审美与狂言的现实性幽默相乘，淋漓尽致地表现人性的本质。狂言跟着能，也属于德川幕府的御用艺能，鹭流、大藏流、和泉流三大流派鼎立。

明治年间全盘西化，弃传统艺能如敝屣，后来又学习西方的保护艺术，政府、财阀对能乐施以援手。野台子搬进广厦，这种专用剧场叫“能乐堂”。舞台正方形，立四柱，支起个屋顶。戴上面具，眼孔小小的，全靠这四根柱子确认位置。舞台唯后方有一面壁，画了一株苍松，松下列坐演奏者，笛、小鼓、大鼓、太鼓，叫“囃子方”，正襟危坐，虽毫无表情，却也有表演的意思。夏天里祭神，有神社在露天舞台上演出，燃薪照明，就叫作“薪能”。

能乐是演给权贵的，像仪式一样，有一种威严，歌舞伎则娱乐庶民，华丽得夸张。歌舞伎勾脸谱，有亮相，有武打，类似于京剧。而且像京剧一样，观众的观赏不限于舞台，比起演员所扮演的角色来，更重要的是角儿，那不是演员本人，而是被艺名异化的人。

江户时代之初，一个名叫国的女人来到京都，自称是出云（今岛根县东部）的巫女，女扮男装跳“歌舞伎踊”。她就是歌舞伎始祖，被叫作“出云阿国”。“歌舞伎”这个词来自动词“倾”，意思是超出常规，奇装异服的街溜子叫“歌舞伎者”。走乡卖艺，摹仿歌舞伎者的前卫装扮，歌舞也流里流气。歌舞伎踊流行江户等地，竞相结成“女歌舞伎”艺团。什么东西一流行就难免流弊，女歌舞伎们兼营卖春，败坏世风，幕府下令禁止。不许女性登台了，“若众歌舞伎”乘势而起，这是些梳着刘海儿的少年，好似当今的少年演唱队，成群地又唱又跳。少年歌舞伎也出卖色相，下了台满足看客的淫欲。男色是战国时代的遗风，江户时代也不算禁忌。幕府又加以禁止，于是成年男人的“野郎歌舞伎”登场。不靠色相，技艺被重视，从歌舞向戏剧发展。元禄年间（1688—1704），满城武士的江户出了个市川团十郎，台风豪迈，而上方（过去称京都及其附近）传承雅文化，坂田藤十郎演技柔美。女性被禁，男性就当仁不让，自然出现了专门扮演女性的角色，叫“女方”。用服饰化妆来表现女性，而且溜肩膀、内八字，把女性形象样式化，观众觉得比女人更有女人味。芳泽菖蒲被誉为男旦的鼻祖，举世无双。

剧情复杂化，角色类型化，表演程式化。男女老少，好人坏人，化妆、服饰各有一套。夸张得过火是歌舞伎的表演特色。日本文化的特质是简素，但歌舞伎追求华丽，很有点土豪。歌舞伎世家不能称姓，于是起“屋号”，例如市川团十郎叫“成田屋”，据说这就是歌舞伎屋号之始。演出时观众大呼小叫，呼叫的是屋号。成田如今有国际机场，市川团十郎的父亲出生在那里。像其他艺能一样，歌舞伎也是一种家业，代代“袭名”，现今市川团十郎是十二代。各家有各家的专长。第七代市川团十郎定下的“歌舞伎十八番”是代代市川团十郎最拿手的十八个剧目。

文化文政年间（1804—1830）以江户为中心，小说、戏曲、俳谐、浮世绘等市人（城市居民）文化发展到极致。庶民耽于游乐，风俗颓废，1841 年幕府推行改革，把歌舞伎等民间演艺统统迁往郊外，甚至以服装道具奢侈之罪，将第七代市川团十郎逐出江户，歌舞伎行当惨遭打击。

明治新政府试图把歌舞伎改良为文化层次更高的舞台艺术，足以供外国人鉴赏，兴起“演剧改良运动”。第九代市川团十郎改变以前荒诞无稽的虚构，创作出忠实于历史的作品群。1887 年明治天皇观赏了演出，大大地提高歌舞伎地位。战败后占领军一度禁演《假名手本忠臣藏》等主要剧目，因为内容是封建的，反民主主义。1951年重建毁于战火的剧场“歌舞伎座”，上演《源氏物语》，轰动一时，歌舞伎复兴。

歌舞伎上演的剧目有四百来出，多数从“人形净琉璃”移植。人形净琉璃和歌舞伎是江户时代产生并完善的两大戏剧。作为庶民的最大娱乐，人形净琉璃没有特定的后援，靠票房土生土长。歌舞伎由活人表演，而人形净琉璃是傀儡戏。宋人吴自牧著《梦粱录》记述了多种傀儡戏，有诗：村头齐观耍傀儡，搬演故事又一回，载歌载舞赖提举，博得欢笑落夕晖。人形净琉璃应算作城市艺术，不是悬丝提之，也不是杖头举之，而是由三人共同操作一具人形（木偶），一演就是一天。中国好些地方有传统的木偶戏（傀儡戏），各具特色，却没有像日本这般发展为大戏的，反而多趋于衰歇。

现在人形净琉璃的正式名称是“文乐”。19世纪初，有个叫植村文乐轩的人开办小剧场，名为文乐座，演出人形净琉璃，明治末年变成指称这种艺能本身了。

人形净琉璃由人形与净琉璃构成，与歌舞伎不同，这两样技艺很早就各自发达了。日本古传的声乐可分为两类，“谣”和“语”；谣侧重旋律、节奏、速度，语主要是抑扬顿挫地讲说故事。净琉璃是语的一个流派。这个名称让人想起佛教的“东方净琉璃世界”，但据说来自净琉璃姬和牛若丸的恋爱故事《净琉璃姬十二段草子》。这个流派创作了不少作品，无非《梦粱录》所言，“敷演烟粉、灵怪、铁骑、公案、史书历代君臣将相故事”。16 世纪末弦乐器“三线”（三弦）从琉球传到大阪一带，改良为“三味线”。盲人泽住检校用猫皮或狗皮取代蛇皮，别有音色，给净琉璃伴奏。平安时代后期已有叫“傀儡师”的团伙卖艺，用傀儡戏营生。江户时代不知怎么一来净琉璃和傀儡戏这两种艺团凑到一块儿，搭配成人形净琉璃。京都、大阪、江户各地流派纷呈，出现很多“座”。1684 年竹本义太夫在大阪开办竹本座，创出“义太夫节”；净琉璃的语者叫“太夫”，讲说的调子叫“节”。竹本座发展为人形净琉璃主流，迄今是八流派之首。

歌舞伎魅力在于角儿，人形净琉璃更注重编剧及文辞。太夫们说：作者最了不起，我们的任务是如何把作者的意图讲说好。歌舞伎没有优秀的作者，1716 年移植人形净琉璃作者近松门左卫门创作的《国姓爷合战》，大获好评。此后半世纪人形净琉璃盛行，成功的作品都搬上歌舞伎舞台。《菅原传授手习鉴》《义经千本樱》《假名手本忠臣藏》反复演出，被称作移植三大名作，今天在歌舞伎剧目中仍占有很大比重。

自从 1734 年，一具人形由三个人操作，人形也大了一倍，大的体长一米半，小的也有一米三。一个人“主操”，左手把持整个人形，右手操作人形的右手；另一人“左操”，用右手操作人形的左手；第三人“足操”，用双手操作人形的双腿。三个人配合默契，把人形摆弄活，如吴自牧所言，“变化夺真，功艺如神”，据说这功夫需要“足十年，左十年”。傀儡戏看的是傀儡，操作者尽量不现身，或者身裹黑衣，面蒙黑纱，观众就当他不存在。但操作也是一个技艺，有欣赏的价值，所以人形净琉璃“主操”多露脸，甚至穿上影视剧中常见的武士礼服“肩衣”，好象斗鸡支楞着翅膀。

战败后传统艺能曾一度荒废，随着经济发展而重新振兴，并走向世界。能动作的顺拐，歌舞伎亮相的对眼，望之有趣，也有点好笑。经时间淘洗，俗渐变为雅，也就保守起来。眼下歌舞伎似乎还没有能乐那么保守。第三代市川猿之助以革新出名，多年前看过他的“超歌舞伎”《新三国志》，从剧情到舞台都恣意现代化，刘备变成女性，似乎这下子就破解了关羽为何那样地死忠。

江户文化东京人

日本“江户热”持续已久。1600至1867这二百六十多年，东京不是京，而是叫江户，德川家康在此开幕府执政，世袭十五代，掐头去尾，基本未发生内乱，也不曾出兵，被称作太平之世。对现实不满，总是要怀恋逝去的时代，甚至会恣意美化，尽情幻想。近来从环境与生态的时尚视点对江户的赞美更锦上添花，说它是当时世界最先进的生态城市，近乎完全的循环型社会，简直退回去为好。

现在的日本文化，其原型在江户时代。譬如，日本人常说自己是吃稻米的民族，但稻作早就从大陆传来，普遍吃上白米饭却是在江户时代。而且主要是城市居民吃上了，江户人早上做米饭，中午吃冷饭，晚上茶泡饭，至于种稻的农民，把稻米缴租、换钱，吃的是麦饭和蔬菜，很少吃米饭，所以他们也不大得生活习惯病“脚气”（维生素 B_1 缺乏症）。1950 年大藏大臣池田勇人告诉国民：经济的原则是收入少的人多吃麦，收入多的人吃米。1960 年他当上总理大臣，提出收入翻番计划，直到这个年代日本人终于实现了以稻米为主食的“瑞穗国梦想”，不过，受美国生活方式的影响，同时吃起了面包。说到和食，我们立马想到生鱼片，虽然 14 世纪末已见记载，但江户年间普及了酱油以后才有了如今走向世界的吃法。吊高汤，江户好用柴鱼、关西多用海带，就是那时候蔚然兴盛的，叫“煮出”，后来叫“出汁”。江户年间按中药的方子配制出“七味唐辛子”（辣椒、山椒等），让江户人把荞麦面条吃得不亦乐乎，以至于今。你若爱喝清酒，爱看歌舞伎、浮世绘，那真该穿越到江户时代。迎春看樱花，消暑看烟花，也都是这个时代使平民百姓狂热的。

用矶田道史的话说：“江户时代是不可思议的时代，现代社会有的东西全都有，只没有用石油煤炭作能源的动力机车。所以，如果给江户人蒸汽机、引擎，转眼之间就能造成跟西洋近代同样的社会。明治以后日本快速近代化的秘密其实在这里。”此说来自速水融，这位老师把西方的历史人口学引进日本，用人口动态解读江户时代的经济，说过“从近代这一视点来看，江户时代没有的东西也就是蒸汽机”。

江户时代的18、19世纪，西欧发生工业化革命，用机器提高生产率，而日本走的是相反的进程：减少资本，渐渐不使用畜力，农民自己当牛做马，大大增加劳动时间，精耕细作，靠勤勉提高生产率，生活也幸福起来。速水融名之为“勤勉革命”。这样勤勉二百年，就养成了吃苦耐劳，以及节俭、谦让等国民性，人见人夸。通俗道德让你不能不信：自己穷，就因为不勤勉。于是乎幻想一切困难靠自我变革、自我修练来解决，不至于成天惦记打土豪分田地。“勤勉革命”以前日本人不那么勤勉，而后则随着小家庭化、个人化，家庭观念越来越淡漠，人也惰性化，日常规范大不如前了。

19世纪曾有西方人请亚洲人上他们的帆船，试探一下所好，各异：朝鲜人想要书，琉球人要地球仪，阿伊努人什么都不要，而日本人对武器像猴子一样大感兴趣。日本人尚武乃至黩武的习性是战国时代杀伐的余绪，江户时代用武士道的儒貌岸然保留了下来。

日本人对江户时代的认识多得自武士小说（日语原文为“时代小说”），这种类型文学的传统主题是赞美武士，惩恶扬善，以慰藉读者那颗不平不满的心。在江户热当中更出现“江户幻想”，把江户时代歌颂得像共产主义社会一样，和平而幸福，一片玫瑰色。专攻江户时代社会经济史的学者矶田道史就提醒读者，市上流行的庸俗江户论很多是戏说。例如他指出，至少江户时代的前一百年，也就是17世纪，是破坏环境的世纪。15世纪末至16世纪末的战国时代是所谓下克上的时代，人们对自然也从敬畏顺从转向人定胜天，改变河道，向大海要地。江户时代更加妄为，战天斗地，各地围海造田，到了18世纪初，耕地面积比17世纪初增加一倍半。粮食增产，城市人天天吃米饭了。人口自1600年前后剧增，1700年前后达到三千万人。建设城市需要木材，乱砍乱伐，严重破坏了森林，造成下游洪水频发。1707年发生大地震，新开发的低地被海啸袭击，死亡不少于二万人。这下子老实了，开垦减缓，人口也停止增长，19世纪还是三千万。

似乎世界对日本有一个共识，那就是识字率之高，认为江户时代的这份遗产是日本能迅速近代化的主要原因。即便史学家，也不厌其烦地引用外国人记述，以示不自画自赞。如俄国船长戈洛夫宁被日本关押了两年，1816年刊行《日本幽囚记》，便写道：日本没有一个人不能读写，没有一个人不知道国法。又一美国人叫麦克唐纳的，偷渡上岛，被关押七个月，仅此经历也写道：日本所有的人，从最上层到最下层所有阶级的男女老少都携带纸笔墨，以书传意比美国普遍。矶田道史却告诉我们：江户时代没留下识字调查，据明治十四年（1881 年）调查统计，长野县常盘村八百八十二名满十五岁以上的男人，能写名字为百分之七十六，能写信为百分之四，能读懂告示为百分之一。就是说，大城市与地方、男与女，识字率差距相当大，加以平均，全国识字率可能四成都不到。普通日本人阅读文字，能理解政治、社会，不过是最近一百年的事。

江户时代也好，明治维新也好，我们中国人常跟着瞎说，起哄，或许有一点打鬼借助钟馗的意思。还是读一读《江户时代那些人和那些事》罢，这是矶田道史的读史札记。史不难读，难的是记什么，且记得有趣。

女孩儿叫啥名

看过一部日本动画片，叫《狼孩雨和雪》（细田守导演，2012 年上映）。主人公叫“花”，喜欢上的人是狼男，生下姐弟俩。生女儿时下雪，就叫她“雪”；生儿子时下雨，起名雨。狼男死了，花从城市搬到山村，避人而居，抚养姐弟。雪喜欢做人，生来孤独的雨在风雨之夜恢复了狼形，回归山林。

姐弟在大自然中嬉戏，人渐渐奔跑为狼，画面很感人，过后想的是她们的名字。“花”出生时屋后的秋樱开了，父亲给女儿起了这个名，希望她像花一样笑口常开。单名一个“花”字，近年颇流行，若是在过去，男“太郎”、女“花子”是典型的日本人名字。某日本学者说，中国人一听“花子”就想到叫花子，这说法未免牵强，实际上读音不一样。虽然全球化，日本人起名也无须顾忌中国人感觉。对于日本人的名字，生于猪年叫“豚年”，或者女孩叫“泡姬”，望文生义，我们会忍俊不禁，但更多的是莫名其妙。例如有一位美女，既做模特，又搞拳击，名叫“高野人母美”，姓高野的父母给她起如此大名，是希望她比别人更美，比母亲更美，我们就只有望洋兴叹了。

又例如“麻衣”。我们用麻字，麻子、麻疹、麻痹、麻烦、肉麻、一团乱麻、麻秆打狼、瘦得像麻秆、披麻戴孝，只有麻姑搔背、麻辣烫好些罢，而日本人对“麻”自古有很好的印象。直至战败前，大麻和稻米这两种农作物是鼓励种植的。日莲宗开山宗祖日莲所著《立正安国论》有云:“交兰室之友，成麻亩之性。”麻长得笔直而且结实，取名就为了这种形象。若浮想联翩，想到往昔用麻做衣服，“米”也读若“麻衣”，衣食足而知荣辱，含义更丰富。

日语的“名字”是指姓。名，或者连名带姓，他们叫“名前”。姓是国家的制度，而名是社会风俗。上古人名都很长，其中有尊称、美称等。818 年 3 月，出使过大唐的菅原清公建议朝廷把仪式、官服等统统改为唐式，大约从那时起，嵯峨天皇的皇子皇女们起始用二字命名，降为臣子就只用一个字。取名常带有时代的印记，看一个人的名字能估摸出他出生在什么年代，人名可以排列出一个历史年表。江户时代男人大约有一半名叫“右卫门”、“左卫门”、“兵卫”。本来是护卫朝廷的官名，时代宽松，农民起名也好用百官名，好像祖上也阔过，他也是武士。用得人多了，也就没了个性。有意思的是，为什么不用更大些的官名呢？明治维新，政府颁布改名令，不许自称官名，男人们赶紧把名字乱改一气。后来这法令不了了之，但也再没人叫，如今只有歌舞伎演员叫吉右卫门、仁左卫门什么的。自古男名用汉字，女名多是用假名（平假名）。倘若把她们的两个假名换成汉字，颇有些鹤、龟、虎、熊，不像女人家。女性起名爱带“子”，是大正年间兴始的，1970 年这种名字还超过百分之八十。难怪她们的子女问老师：孔子怎么是男的呀。后来就出现脱“子”化现象，“花子”变成“花”。

当今命名基本用汉字。女名常用与衣服有关的字，如绢代、绫子、香织。文学里薄命红颜常常叫“忍”、“雪”、“佳代”、“夕子”，而富有理智、敢于行动的女子则名为“薰”、“秀”、“贵子”、“真理子”。近年给女孩起名用字排位是“爱、菜、美、奈、结、花、莉、心、乃、音”。同样是汉字，我们注重字义，他们讲究字音。音相同，换了字就会有不同的意思，例如“麻衣”，也让人联想同音的“舞”。近年起名的倾向是音响优先，父母头脑里先浮现音，觉得悦耳，然后找汉字搭配。名叫“结衣”，可不是结百衲衣，和“麻衣”一样，这个“衣”一般不取其义，而是配音的，叫起来上口，也免得一字名孤单。主要取其音的字还有“奈、亚、乃、沙”等。

2013年出生，女孩叫得最多的是“结菜”，后面依次为“葵、结衣、阳菜、结爱、澪、凛、爱菜、美结、阳葵”。“结”的意思是联结、系结，据说反映了2011年发生东日本大地震以后人们更加珍视人与人的关系，当然也含有女性人生最基本的愿望——结良缘。“菜”是油菜花，春光明媚，遍地菜花黄，自古为日本人钟爱。“结菜”的意思是希望孩子像菜花一样可爱，能联结人与人。

男孩叫得最多的是“悠真”。“空（苍空）”也是近年男孩起名常见的。像苍井空的“空”一样，不是空海的空，与色即是空空即是色无关，它就是天空的空。还流行“翔”、“大翔”等，大概他们的理想不是像苍老师那样“雄飞大陆”（日本上世纪前半流行语），而是翱翔世界罢。

日本人起名很在意汉字笔画数，“衣”六画，广受欢迎。笔画数不好，有的就干脆用假名，闻其声而不见其字。

不过，假名只有表音的功能，远不如汉字，音义形三用，而且日本人心底，假名总有点临时性感觉，汉字才地久天长。起异性惯用名以求健康的习俗似乎还残存，贱名辟邪已成为历史。譬如“丸”，是马桶的意思。“牛若丸”就是源义经，帮哥哥源赖朝打天下，功成后反目成仇。从“丸”的读音又写作“麻吕”，我们也知道有个叫阿倍仲麻吕的，还有个柿本人麻吕。平安时代给贵族人家牵牛车的仆人都叫作什么“丸”，这是主人给他们附加的蔑称，却也像大人叫孩子的爱称。

日本使用汉字以康熙字典为准，康熙以后的中国就是他们有点瞧不起的了。战败后，归罪于汉字，对汉字的使用大加限制。2010年修正颁布《常用汉字表》和《人名用汉字表》，字数为2136字（每个字都有音读和训读两种读法）。还允许使用一些异体字，所以有人叫“凛”，有人叫“凜”，不求统一，我们就觉得乱。很有名的作词家阿久悠（这三个字谐音“恶友”）写过一首诗：“自由、坚强而温柔的孩子，就叫作凛然。要当个凛然的女孩子。”女孩子起名只用一个“凛”字，男孩子就要叫“凛太郎”。听说运动员们特别信算命，把“艺名”改来改去，例如棒球名人长岛茂雄的“山”忽而挪到左边去，若是到中国，非给他垫到屁股底下不可。

取名用字有限制，姓不在此限。据说日本有三十多万个姓，姓“苦”无妨，但不能名“苦”。日本人和英国人生子，想起名“暎”，规范字汇里查无此字，上户口只好不要这个“日”。人名用字是限字，不限音，同样的字随你怎么读，“结菜”至少有三种读法。有的字看似常见，却只有爹妈知道叫什么，例如“葵”，居然有读作“哈密瓜”的。所以，日本人接过同胞的名片不敢贸然叫尊姓大名。原因在历史：中国发明了汉字，读音不断地变化，各种读音相继传到了日本，全堆积在日语里，一字多读。当今是个性的时代，父母更恣意给孩子起怪名，读法和用字匪夷所思。二十年前，初到日本赶上了一个事件，某人给孩子起名，叫“恶魔”，户籍部门不予登记，告上法庭也败诉。这种名字有损孩子的人格，父母等于犯侮辱罪。此人不甘心，改名“亚驱”，与“恶”谐音，而且拆开来，“亚区马”的发音仍然是“恶魔”，也可谓用心良苦。

不曾听说过日本改个名，比如把“彬彬”改为“要武”，天下大乱，但一旦报了户口，再想更名就必须经家庭裁判所审批。某女叫虎（假名），申请改名，裁判所不准，理由是“虽然这名字难以感觉是女性，但也不至于认为不民主。命名之际，因为是柔弱的女性，所以取了强有力的名字；而且往往与属相有关，不能认为虎这个名字含有轻蔑、谩骂的意思，不应有侮辱之感”。名字是父母赠给孩子的第一份礼物，饱含着他们的心愿，但对于孩子来说，名字是父母强加给他（她）的。孩子出生在电视播映《铁臂阿童木》那年，起名“亚斗梦”（日语中两者谐音），父母可能是一时兴起，孩子却背负一生。战败以前给孩子命名一般是爷爷辈的权力，现在大都父母说了算，有的父母就滥用命名权。把自己的梦想或情结加到孩子身上，孩子长大了，人生跟那个名字判若两人，被人一叫就是个嘲笑。反过来，那名字把父母的浅薄也留在世上。

有人说，起怪名是对平凡的报复。日本三大随笔之一的《徒然草》里有这样的话：“起名用不常见的字没什么好处。凡事追求珍奇，喜好另类，大都是没有教养的人所为。”

心醉横山大观

夏目漱石的小说人物说：一切冒险都始于酒，而终于女人。但如今，好像喝酒这事就是个冒险。大老远的，去广岛喝酒，更有点冒险的意味，因为以前西日本一带的人说“去广岛”暗指死。

广岛出美酒，例如“醉心”。大画家横山大观喝它喝了一辈子，说“醉心酒是一个艺术”。于是，这次去广岛，心不在被他们变废为宝的原子弹爆炸废墟，也不在列为世界文化遗产的严岛神社，品酒而已矣。

“醉心”酒厂有年头了，兴办于1860年，日本年号是万延元年。就在这一年，被美国炮舰敲开了国门的日本第一次正式派遣使节团，去美国交换不平等条约批准书。大正年间“醉心”在全国酒类品评会上连续三回获第一，名声大振。老板认识了大观，惺惺的自古惜惺惺，约定一辈子供大观酒。大观原本不善饮，但恩师冈仓天心嗜酒如命，被他叱咤，喝了吐，吐了喝，酒与画都蔚为“大观”了。大观长寿，后五十年几乎不吃饭，只喝酒吃菜，菜不过是一点点蔬菜。晚年也日饮一升（日本酒类仍旧以升为计量单位，日本人的一“升”约合一点八公升），不曾酒精中毒，也没得过大病，活了九十岁。其实不白喝，每年赠一幅画，价值大大超过了酒钱。酒厂设有大观纪念馆，惜乎门虽设而常关，三年才公开一次。

据说广岛是“吟酿酒”的发祥地。所谓“吟酿”，吟诗一般地酿造，这个词生动体现了日本人做事的匠心与敬业。“清酒”可算是日本的国酒，平常说“日本酒”就指它，与啤酒、葡萄酒同样，发酵而成。“吟酿”工夫主要在磨米。日本是一个暴殄天物的民族，譬如吃生鱼片，远不如中国人一鱼三吃那么环保，酿酒的白米要磨掉胚芽、多含蛋白质等的表层，只取其“芯”（淀粉）。一粒米磨掉一多半，低温发酵，就酿出“吟酿酒”，再精磨下去，那就“大吟酿”。1930 年制造出立式磨米机，磨米容易了，但如此浪费，在四处出兵以至战败的粮食困难年代“吟酿”的制造被限制，匠人只拿它练手艺、比高低。直到 1980

年代，经济不可一世了，磨米技术也更加进步，“吟酿酒”大量生产，这才成为日常喝的酒。但与此同时，经济赶上并超过欧美，得意洋洋，人们也大喝威士忌。近十多年酒类消费量递减，近乎水的啤酒第一，一般酒精度二十五度的烧酒（日本叫“烧酎”）第二，清酒第三，十五度上下，与葡萄酒差不多。

现而今时髦的话题不是饮酒，而是戒酒及禁酒。虽然还不到香烟的可怜地步，电视广告最亮眼的仍然是酒类，但医生看病已简化到一台电脑 + 两句医嘱：别喝酒、多运动。曹操死于220年，他活着的时候发布过禁酒令，好像执行得很严，但过了一百多年，陶渊明出世，酒又喝得凶，白居易说陶渊明写的那些玩艺儿“篇篇劝我饮，此外无所云”。陈寿处于曹操与陶渊明之间，在《三国志》中记载：倭人，性嗜酒。说不定在饮酒上中国也受过日本影响。日本历史上几乎未禁过酒。19世纪初，美国以较为富裕的天主教徒为主兴起禁酒运动，对贫困阶层的生活施加管理。传教士走进日本，看见老老少少赤身裸体，抽烟喝酒，于是用他们的文明来开化。1898年有个叫安藤太郎的，组织日本禁酒同盟会，以至于今（改称日本禁酒同盟）。此人从四五岁开始喝酒，二十来岁已然一“鲸饮家”。1887年在夏威夷当总领事，有人送给他两桶日本酒，被妻子倒掉，就此戒酒。可见，日本的禁酒思想完全从外国拿来的。1922年制定未成年者禁酒法，现在成年的法定年龄是二十周岁，所以正常上学的话，大学二年级还不许买酒喝酒（未满二十岁，不经父母同意，也不能购买高价商品）。但有意思的是，一个四年级小学生居然获得了日本酒检定资格。好像世界上除了中国大陆以及阿拉伯酋长国之类的国家，都法定了饮酒年龄。日本有议论，要把成年的年龄降为十八岁，赋予选举权，但好像饮酒年龄不打算随之降低。政府再三提高酒税，意在增加税收，骨子里也就不希望酒徒减少罢。禁酒的人开会，以茶代酒，齐喊干杯，到底抹不掉烙印在人类生命中的酒文化“符号”。

我们中国人奇怪，日本人下班不回家，成群结伙泡酒馆，这是什么精神？说是团队精神。其实，这种饮酒方式是日本的传统。江户时代农村酿“浊酒”，它是清酒的原型，若加以过滤，按当今酒税法就算作清酒。“浊酒”难以保存，并非为爱喝而喝，只是在红白喜事及祭神祀祖的时候酿造，全村人痛饮几天。江户的幕府将军为掌控各地诸侯，规定他们按期到将军脚下驻在，大大小小的诸侯带来了满城武士。这些单身汉无家可归，发达了江户这座大都市的妓院和酒馆。日本人就这么养成了喜欢在外面聚饮的习惯。明治维新，万象更新，酒也能存一年以上了，而且从一碗酒轮着喝，变为人手一杯，聚饮之中有自酌之趣，身在团队中也有了一定的自由，这才真可以痛饮了。战败后饮酒出现新现象，即日常化（天天喝）、多样化（酒的种类增多）、民主化（女人也喝酒了）。

日本有观光立国之策，一些地方也力图把酒打造成旅游资源。好酒之徒游日本，似不妨玩玩“酒藏”行，譬如神户的滩，京都的伏见，老式的房屋新酿的酒，最是日本味。不过，喝日本酒“土”，喝葡萄酒“洋”，那是可以点起蜡烛喝，喝出情调甚至理念来的。醉心酒厂去年推出一种酒，广告词可怜巴巴：用葡萄酒杯喝的日本酒。作为日本画的一代巨匠，大观有知，会作何感想呢？

作家与酒

日本人好酒，似乎作家尤其好。例如武田泰淳，据说写作要借着酒劲儿，不然，不好意思写。读完高中就闷在家里写小说的田中慎弥2012年获得芥川奖，从早写到晚，独酌几杯，次日继续写。西村贤太的小说《苦役列车》描写一个年轻人初中毕业后离开家，在港口打工，没有朋友，没有目标，唯有喝廉价酒自慰，这是小说家本人的人生写照。2011年获得芥川奖之后，他还是喝廉价酒，但不用自己买了，酒是厂家馈赠的。以前有个《酒》杂志，仿照相扑力士等级表，公布了一张“文坛酒徒榜”：大魁天下的横纲，东为正原立秋、野坂昭如，西为梶山季之、黑岩重吾；位居第二的大关，东为三浦哲郎、池波正太郎，西为吉行淳之介、濑户内晴美。

我头一遭见识日本人喝酒，就是跟作家喝。那是上世纪八十年代初，水上勉率团访华，我作为专门介绍日本文学的杂志编辑到北京饭店拜访。在他下榻的房间里，他拿出茅台，收罗来漱口杯什么的，几个人就喝开了，一点儿抓头都没有。这种喝法，上山下乡的年代倒是也见过，对我们进行再教育的贫下中农在供销社里买二两地瓜酒或苞米酒，倚在柜台喝，那他也得捏一粒盐舔舔下酒。

在日本，花就是指樱花，酒就是指清酒。清酒是酿造酒，寡淡无味，压不住中国菜肴的油腻，正好配清淡乃至生鲜的日本菜。清酒的酒精含量和葡萄酒、绍兴酒差不多，但日本人半数以上是不能解酒的体质，易醉。好在他们乐于醉，而且有君当恕醉人的古风，对喝醉的丑态很宽容。平日里举止文雅，但一进酒馆，就走进另一个世界，像茶道一样脱离日常，虽然终于无酒道之说。作家并不高于生活，喝多了吵架斗殴。二十年前初到日本，有一阵子电视常播放这么个场面，叹为观止：电影导演大岛渚举办珍珠婚派对，预定野坂昭如致词，但大岛忘了叫他。这时野坂已喝得酩酊，上台给大岛一老拳。大岛也不示弱，用麦克风连击野坂老脸。事后当然是彼此谢罪，其乐融融。

濑户内晴美出家为尼，法号寂听，可叫作尼姑作家或者小说尼。僧尼喝酒不叫酒，叫般若汤。她四处讲演，说：我能喝酒，曾喝得烂醉，滚楼梯受伤。医生说：你很年轻啊。问他为什么这么说。回答：我妈也八十六岁了，可没有你这般喝得烂醉的精神头儿。

坂口安吾写过一篇《教祖的文学》，论小林秀雄。开头一句是“去年听说小林秀雄从水道桥站的月台上掉下去，万幸地捡了一条命。烂醉，拎着一升装的酒瓶子，跟酒瓶子一起掉下去”。小林是建构日本现代批评的文艺评论家，平素如秀才，醉了就变无赖。战后之初，他辞掉大学教授，当出版社董事，编辑理念是编辑自己觉得有意思的书肯定能卖钱。每周开一次编辑会，编辑要大讲自己如何被所提的选题吸引。小林跟日后当二松学舍大学校长的佐古纯一郎论战，真就演变成战斗，佐古被他打得从二楼滚楼梯。记下这段往事的是隆庆一郎，他曾在那个出版社当编辑。隆庆一郎等小林秀雄死了以后才敢写小说，已年过六十。出手不凡，惜乎只写了五年就死于肝硬化。看来是喝酒喝的，写小说用的这个笔名是酒馆老板娘给起的。

喝酒讲规矩的是三岛由纪夫。他去喝酒总是要整装前往，而且绝不喝醉，半夜十二点回家执笔。他曾在《叶隐入门》中教训日本人："在日本，酒席形成了不可思议的构造：人变得赤裸，暴露弱点，什么样的丢人事、什么样的牢骚话都直言不讳，而且因为是酒席，过后被原谅。不清楚新宿有多少家酒馆，在为数众多的酒馆里，上班族们今晚又把酒讲老婆的坏话，讲上司的坏话。尤其在朋友之间，酒席上的话题无非那些不像个男人的牢骚、鸡毛蒜皮的心里话，还有实际不会忘但说好第二天早上就忘掉的琐碎而卑陋的秘密。"

三岛是自爱型作家，而太宰治属于无赖派，自暴自弃，三岛从生理上厌恶太宰，公开说太宰的坏话，说了二十来年。无赖派作家离不开这几样：酒、烟、妓女、当铺和左翼思想。其他可以变，唯女人与酒是必需品，是素材与灵感的来源。太宰治有一帧照片很有名，他盘腿坐在高凳上，镜头仰视他，似乎正在跟柜台里的老板说笑。这是林忠彦拍摄的。他在银座的酒吧拍摄织田作之助，一旁的太宰醉醺醺说：不要光照他，给我也照一张。照出来就成为这位摄影家的代表作之一。他拍摄无赖派的作品相当多，譬如坂口安吾坐在满草席揉成团的废稿纸当间，一副写不出来的样子。

太宰治在短篇小说《樱桃》里发牢骚："本来不是很

能写的小说家，而是个极端的胆小鬼，却被拉到公众面前，惊慌失措地写。写是痛苦的，求救于闷酒。闷酒是不能坚持自己所想，焦躁、懊恼地喝的酒。总是能痛快地坚持自己所想的人不喝什么闷酒（女人喝酒少就因为这个理由）。”

太宰治是文与人合一，那样生活也就那样写，借文学来否定生活。这跟当今作家不一样，譬如村上春树，文与人完全是两码事。村上的人物几乎从不喝日本酒，进屋就打开冰箱拿啤酒喝。

日本人说，不喝酒的家伙不可信。高仓健不喝酒，却总是演一诺千金的硬汉。自1990年代过半，酒销售量趋于减少，原因是年轻人下班后不去喝酒了。当然编辑也不例外，他们不在酒桌上调教作家了，也不愿像金鱼拉线屎一样跟着老作家或当红作家去银座的俱乐部喝。以前编辑们在作家的家里喝着酒等稿，现而今网络发达，编辑几乎用不着跟作家照面，真成了君子之交。

大阪湾北岸叫滩的一带盛产酒，从那里用船运到江户，本来是醇酒，倒几次手，加几次水，端到食客面前已经能养鱼了，所以叫金鱼酒。除了清酒、啤酒，日本人几乎喝什么酒都兑水，夏天兑凉水，冬天兑热水，这是我初到日本时最讨厌的喝法，因为中国自古奸商卖酒才兑水。酒是百药之长，也是万病之源，过去多奉行前者，如今后者成戒条。酒伤肝，日本人喝酒有所谓休肝日，每周停杯一两天。井上靖喝酒在文坛是横纲级别，一辈子没得过像样的病，六七十岁以后酒量有增无减。他的喝法是喝了日本酒再喝洋酒，不兑水，除非在飞机上。

有一首打油诗，意思是没有酒，樱花也不过是河童的屁。屁是无聊的，即便是怪物河童（水陆两栖的妖怪，可能来自中国的河伯传说）放的屁。樱花盛开时，樱树下摆满酒席，倘若没有酒，这樱花也没什么看头儿，尽管它被叫作大和魂。

漱石和嫂子

日本近代作家是叫作文人的。文人无行，主要表现在两样东西上：醇酒妇人。田山花袋把自己和女弟子的情事写成小说，如实而艺术，滥觞所谓私小说，亦即纯文学。岛崎藤村更厉害，写的是自己和侄女乱伦，让花袋也自愧弗如。自暴其丑，作家获得了“新生”，侄女却不得不远避台湾。这种文学够可怕。写私小说需要勇气，芥川龙之介不写，谷崎润一郎便说他不大有胆量。谷崎也令人怀疑，若没有那些女人献身，搞得出文学吗？以“作家和他的女人以及文学”为题，就能写出一部日本近代文学史。

当然也有人例外，例如夏目漱石，他是一个道德形象。不好酒色，笔下没有性描写，这也使他赢得中产阶级的礼遇，甚而被捧为人民作家。日本开始用“马拉松”一词的1909年，漱石发表了《此后》，以及后来的《门》《心》《明暗》，这些作品都是写三角恋爱。1928年《查泰莱夫人的情人》出现以前，哪个国家都只许暗示地描写色情场面，明治政府更严惩通奸，所以敢写乱伦的自然主义文学便具有反时代、反世俗的性质。漱石的小说在广为阅读的报纸上连载，写三角恋爱与通奸已经够前卫，描写充其量打打擦边球也实属当然。反复写这种事，人们不免起疑，莫不是作者亲身经历过？文学研究者或者评论家自然不会放过漱石这么大个谜，于是挖掘出漱石有过四个女人，其中最耸人听闻的是他的嫂子。

这是江藤淳煞费了一番苦心调查的。他以研究夏目漱石出道，写了半辈子《夏目漱石及其时代》，终于因自杀而不了了之。书中有一节《名叫登世的嫂子》。

夏目家接连死了两个儿子，所以父亲告老，由漱石的三哥当家。漱石本来被送人当养子，二十一岁时户籍又迁回夏目家。这一年三哥再婚，娶来的嫂子叫登世，比漱石小两个月。江藤淳说他们有染，“更重要的事实是登世患病，漱石抱着嫂子帮她上下二楼，体贴入微……就是说，漱石在完成亲切关怀的小叔子这一任务中，知道了登世肉体丰满的触感”。证据不止于此，还有登世死后漱石写给正冈子规的信。漱石不仅和子规是同学，而且跟子规学习作俳句,所以信中也附了十三首“酌取一片衷情”的俳句,请子规指教。江藤淳断言这些悼念嫂子的俳句“明明是从丧失感之深产生的”。又举出漱石的五绝“抱剑听龙鸣,读书骂儒生,如今空高远,入梦美人声”认定“这‘美人’就是登世，几乎是毋庸置疑的。到这个时候漱石已经和嫂子在一个屋檐下过了一年有余。本来在日本家庭里嫂子是独特的存在，对于同居的内弟来说，虽然是嫂嫂，但事实上是年龄相仿或者岁数小的年轻女人，由于已经在过着性生活，能成为更刺激的性象征。”江藤淳被视为小林秀雄之后文艺评论第一人，死前担任着日本文艺家协会的会长，就这么简单地“邪推”出漱石和嫂子通奸。日本的一些文学研究或评论，读来常令人觉得要么拿来欧美理论说得云山雾罩，要么不厌其烦地捣腾八卦。

现代作家大冈升平说：漱石的作品没有谜，但作者本身是个谜。这谜也是漱石本人及其朋友们造成的。读漱石的书信和日记，好像他什么都写，却从未涉笔年轻时的恋情。足以令漱石欣慰的是那帮年轻时的友人，约好了似的，怎么问也不说，一个个紧闭着嘴巴驾鹤西归。

例如有个叫大冢保治的（本性小屋，入赘为婿，改姓大冢），和漱石是帝国大学的同学，并同在东京专门学校教课，漱石教英语，大冢教美学，后来又一个宿舍住着，关系就亲密起来。《我是猫》里的美学家迷亭，原型即这位大冢博士。又有一个楠绪子，才色兼备，是漱石的理想美女。她爱搞文学，常出入漱石住处，但父母之命，最终嫁给搞哲学的保治。漱石失意，跑到瑞岩寺参禅。小说《门》写道："自己来叫门，但守门人在门的那边，敲也终于连面都不露。只是传来声音：'敲也白敲，自己打开进来。'"就像打不开门一样，漱石也未能开悟，保治和楠绪子结婚后不久，他离开东京，远去松山那里教书。

据说漱石的弟子芥川龙之介曾恨恨地说：既然有这么深的感情，为何不采取更积极的态度，或者通奸，或者情死呢。漱石写三角恋爱的小说是出自这一段经历罢。三角不是等边的，正因为不等边，才更有故事。说不定漱石多么希望朋友像《此后》中的代助那样把女人让给他啊。漱石卒于1916年，几年后发生关东大地震，大冢保治清理信件，把漱石写给他的几十封长信付之一炬。给他当秘书的侄女婿阻止，他说：这是漱石写给我的，只能跟我商谈的事不能给别人看。

为人，不要妄谈为历史负责，先要为身边的人负责，但作为知情者，绝口不谈，故作高深似的，也会使往事更加神秘兮兮，好像帮倒忙。如果箱子是空的，为什么不敢打开呢？人们愈发认定箱子里有东西，而且是见不得人的。

文人无行，信乎？

蛛丝能承受之重

蜘蛛不招人喜爱，它结的网被当作荒凉、颓败、幽灵出没的象征。小时候也曾好奇，蛛网能承受多大的飞虫及其挣扎？《西游记》里读到盘丝岭下盘丝洞，七个蜘蛛精“作出法来：脐孔中骨嘟嘟冒出丝绳，瞒天搭了个大丝篷，把八戒罩在当中”，这也太大太强了。似乎在日本人的印象中，蛛丝是结实的，印象来自芥川龙之介的小说《蛛丝》。

小说的“叙事视角”是释迦，当然就“全知全能”：他老人家活得悠闲，一大早在极乐的莲池边信步。从莲池底下窥见地狱，便看见犍陀多跟其他罪人一起在干活。犍陀多干尽坏事，却也曾在深林里可怜一只小蜘蛛，虽小也是生命，没踩死它。为证明善有善报，释迦决定拯救犍陀多，把一根银色的蛛丝笔直地垂到他头上。犍陀多不失时机，赶紧用双手抓住蛛丝往上爬。地狱与极乐相隔几万里，途中往下一看，无数的罪人也乘机爬上来。他大喊：这蛛丝是我的，你们究竟问过谁就上来了，下去，下去。当然没有人主动退出，越上越多，蛛丝“嘭”一声断了，犍陀多像陀螺一样坠回了地狱。伟大的释迦看罢全过程，满脸悲哀，又信起步来。只垂下一根蛛丝，这时却叹息犍陀多无慈悲心，才受到相应的惩罚。极乐也快到中午了。

《蛛丝》是写给孩子们的，好像有教化慈悲心的意思。铃木三重吉是夏目漱石的门徒，要算作芥川龙之介的师兄，有感于明治以来给孩子们读的东西俗恶，锐意革新，创办《赤鸟》杂志，发动一流作家为孩子们创作，把传统的讲故事提升为近代儿童文学。芥川也写了多篇，第一篇就是《蛛丝》。本是极端的怀疑主义者，但这些童话展现了灵魂最纯净的部分，笔下也不用拿手的机智与嘲讽，不那么暗淡，表现得天真无邪，在读者心中朦胧点燃一盏灯，使作家的形象也带有温馨，不然，恐怕世人只觉得芥川是一个理智的冷血怪物。人这东西本来是悲哀的存在，《蛛丝》底里弥漫他特有的悲观主义。不过，这个释迦似乎也有点拿人开心，明明看见血池针山的地狱里有那么多罪人，却只要救一个犍陀多，垂下来一根经不住成百上千体重的蛛丝，可怜的倒像是犍陀多。莫非他应该脑筋急转弯：我不下地狱谁下地狱，让领导先走！

蜘蛛在中国古代是吉利的，葛洪《西京杂记》中记有“蜘蛛集则百事喜”，此类迷信传到了日本，他们更用来说爱情。8 世纪初出使唐朝的山上忆良有一首《贫穷问答歌》流传千古，说灶不升烟甑结网，穷得烧饭都不会了，但这样用蛛网写甑尘釜鱼的穷相是个别的，从 905 年到 1025 年敕撰的八部和歌集（统称八代集）中咏蜘蛛二十九首，其中二十三首写恋情，多表现像蛛丝一般虚幻的期待。

日本第一部史书《古事记》里记述了一个爱情传说：允恭天皇的皇女轻大娘姿容绝妙，美都透出了衣裳，所以叫衣通姬。她跟哥哥木梨轻皇子相爱成奸。天皇死后，木梨轻虽为长子，但群臣拥立他弟弟穴穗皇子继位。木梨轻谋反被捕，流放到四国。衣通姬随后追来，二人情死。三岛由纪夫年轻时写过短篇小说《轻王子与衣通姬》，不过，二人的关系采用了《日本书纪》的说法，不是兄妹，而是外甥和舅妈。《日本书纪》中有一首歌，说是衣通姬作，意思是今晚那个人儿一定来，蜘蛛在小竹根上结网了。

12世纪的说话集《今昔物语集》当初几无影响，只因为芥川龙之介从中取材，创作了《罗生门》等短篇小说，其文学价值才为人注目。有一则蜘蛛的故事，说很久很久以前，法成寺阿弥陀堂檐下结了一张蛛网，遥遥拉到东池的荷叶。飞来一只巨蜂，被挂在网上。这时蜘蛛不知从哪里爬出来，把蜂卷裹。僧人看见了，生怜悯心，用木棍挑到地上，再拨开缠身的蛛丝，蜂振翅而去。过了一两天，飞来二三百只巨蜂，在蛛网周围嗡嗡嗡搜寻，却找不到蜘蛛。顺着蛛丝飞到东池，荷叶上也不见蛛影，悻悻然飞走。僧人顿悟蜂是来复仇的，而蜘蛛预感灾难将临，早已躲起来。他也到处找，发现荷叶底下垂一根丝，蜘蛛悬身于水面的草丛中。

古典文学未触及蛛丝的强度问题。据说，同样粗细，蛛丝的强度是钢铁的五倍，伸缩率是尼龙的二倍。有一个叫大崎茂芳的，专业是分子生物学，对蛛丝感兴趣，实验了三十来年。蜘蛛能吐出几种丝，他用三个月的时间从一百来只蜘蛛采集了十九万根“牵引丝”（一根丝能牵引蜘蛛体重二倍之重），拧成四毫米粗、十厘米长的绳子，吊起他六十五公斤体重。蜘蛛确实很有趣，原来它织的网，螺旋状的丝黏黏的，而放射状的丝不黏，任它来去自如。蛛网旧了坏了，就吃掉回收，重新吐丝织网，真是够环保。

我毁坏过蛛网，就在不久前，还啪地把书本一合，一只不识字的蜘蛛变成了标本。来日入地狱是不能指望释迦垂下一根蛛丝了，但也不打算抢他人蛛丝往上爬。

学译谈艺

读了日本作家片山恭一的长篇小说《留下静的鸟儿》，又有幸见到译者侯为，听他谈翻译心得，正所谓获益匪浅。

侯为在外国语大学执教，课余翻译了不少日本文学作品。他先谈到书名翻译之难，我深有同感。书名的翻译无一定之规，或者照搬原文（应该有两种：音译，模仿其读音；字译，挪用其字形，望文生义），或者离题万里，各有千秋。不过，譬如藤泽周平的长篇小说《蝉时雨》，书名有诗意，但日语“蝉时雨”的意思是蝉噪如雨，这种照搬就有点“坑爹”。片山恭一还有一个小说被译作《雨天的海豚们》，不属于照搬汉字，却拘泥于原文，尤其这个“们”。日语像汉语一样，没有西方语言的单复数，所以蛤蟆跳进老池塘，我们翻译时无须考虑蛤蟆有几只，可欧美人大伤脑筋，单数乎？复数乎？日本人用“们”是仿效西语。《留下静的鸟儿》原题也有“们”，舍而不译就很爽。

日本人名的翻译也颇成问题。例如以小小年纪获得芥川奖的绵矢莉莎，她本名叫山田梨沙，但取为笔名，梨沙二字改用了假名。可我们像揭老底战斗队一样，还其本来面目。有的名字，爹妈给起的时候就是用假名，例如宫部美幸。这“美幸”两个汉字是我们中国人给她安的。或译作美雪，我们觉得美，但实际上日本从来叫“美幸”的多，动漫人物才时尚叫“美雪”。三岛由纪夫的“由纪”也读若雪，这是他老师路过三岛，望见富士山积雪，给他起了这么个笔名。命名当然要郑重其事，但日本对人名用汉字有限制，读法却随便，他们自己听其音也难以锁定汉字。用假名（日语的注音字母）取名越来越多，我们照搬汉字之余，似不妨学学日本，行文也大大地发挥一下拼音的功用，用它来音译假名。中国自古以识字多为学问，孔乙己站着喝酒而穿长衫，知道“回”字有四样写法，偷也叫作窃。读书碰到不认识的字，查字典就属于好学。我主张作家或编辑应该像日本那样，写稿或审稿时费心给生僻字注上音，读者就可以顺畅读下去，免得障碍了阅读的兴致。抱着字典读书，不动笔墨不读书，那是学习，并不是“悦读”。

译者的关心通常在怎么译，至于翻译理论，那是研究者的营生。翻译的方法有二：直译与意译。这两种译法本没有高下之分。如梁启超所言：“若玄奘者，则直译意译，圆满调和，斯道之极轨也。”直译也好，意译也好，都必须达到圆满调和。但好像在不少读者的心目中，直译是一个贬义，此大谬也。该贬的是硬译、死译以及误译，而不是直译。相比之下，意译更容易走火入魔，变成“超译”乃至“胡译”。林琴南是“超译”的元祖，现今日本也有出版社用此法译推理小说。更早些，社会评论家大宅壮一就搞过翻译工厂。我喜好直译，像倒爷一样，把原作提供的所有元素尽量都搬进译文里。人家写花园里绽开这种花那种花，你译个百花齐放或争奇斗艳了事，传给读者的信息与文体就绝不是原作的。村上春树是小说家，也是翻译家。他的译法是一词一句照原文译，不这样，对于他来说，做翻译就没有意义。这样亦步亦趋的翻译被某些专家视为工匠型翻译，等而下之。直译为原作“守节”，但也要活人，并非就不食人间烟火。直译与意译不是互相排斥，水火不相容，走笔直译也时常拉意译助拳。要变通的往往是语法结构，譬如日语谓语在句尾，要是往死里译，那就像影视剧里鬼子说话了——你的，死啦死啦。

夏目漱石把“I love you”译成“月亮很美啊”，二叶亭四迷译作“我死也行啊”，都属于意译，但早已成为日常用语的是直译“我爱你”。日本古典小说《平家物语》用骈四俪六开篇，本来这是从汉文搬来的，再搬回去就是了：祇园精舍之钟声，有诸行无常之响；娑罗双树之花色，示盛者必衰之理。但有人译成了：祇园精舍之钟声，响诸行无常之道理；娑罗双树之花色，显盛者必衰之真谛。为译而译，劳而无功。看来直译是需要有一点胆量的，或许对于今天的译者来说，还需要点功底也说不定。

没有译者，翻译就无从谈起，译者当然是翻译的主体。倘若把原作者、读者也视为翻译的主体，大而化之，也就没主体了。翻译是语言层面的活动或工作，其他如文化交流或传播则随之而来。侯为是外国语大学副教授，以忠实于原作为翻译准则，翻译了好些日本文学作品。所谓忠实，应该有两层意思，一是语言的忠实，再是文体的忠实。读他的译作，最令我欣赏并敬佩的是他好像不去想自己的文体。关于翻译的标准，信达雅似乎是铁则，我却以为信达足矣。信，乃是对源语言和目标语言两方面的要求，不解其意或词不达意都不可能信，旗鼓相当才能达至信。乔纳森的翻译批评是我爱读的，首先因为他文章写得好。也有人批评起来头头是道，但看其文章，虽然达到了发表的水平，却只怕他若操刀，未必译得好，可谓心有余而力不足，他最好只当批评家。达则是对文体的要求，尽可能达成原作的文体。至于雅，若定义为译者的风格，那就不强调为好。村上春树说："搞翻译的时候就应该撇开自己译。可自己是怎么也撇不开的，所以，作彻底撇开之想，那也还剩下一点，算作文体即恰到好处。一开始就想用自己的文体译，译文会有点讨人厌。其实，几乎没必要考虑文体。用心体味文本的文章之美，译法自然而然就决定了。"一个译者汲汲于自我表现，在字里行间拼命露出自己的嘴脸，好似鸠占鹊巢，哪怕你不是鸠而是鹏。读几位外国作家，读出来的只是那个什么都抓过来翻译的译者，这译者的文体是堂皇地建立了，但人家作家呢？此类译者反倒能得到庸俗读者的喝彩，这就是翻译的无奈了。"把中文打造得漂亮一些"，大都是画蛇添足，这个雅是多余的，只会给译者脱离甚而违背原文的文体当口实。翻译也不宜像怨妇，为提高自己的地位而过分强调什么再创作，翻译就是翻译。若放不下自己的文体，那就搞创作罢，何必退而求其“二”。

日语迻译为汉语会大大缩水，尤其是现代日语，把“委蛇沓复”（梁启超语）的假名都去掉，汉字密密麻麻便好似跟鬼子藏猫猫的青纱帐。日语似乎很简洁，这首先是他们在明治维新以降越来越抛弃汉文所致。夏目漱石的文字是华丽的，主要华丽在他的汉文辞藻上。此外，近代日语形成时，自然主义文学家只顾赤裸裸地暴露私生活，几乎对语言不用心。评论家加藤周一说：“万恶之源是岛崎藤村、德田秋声等所谓‘自然主义’作家们用不知道日本古典遑论汉文汉籍也能写的文章开始写‘私小说’。写变得容易了。是日本人就能说日本话，也就能写小说，使这一可怕的思想普及开来的就是他们。”日译汉时常有难以成句之感，添枝加叶很常见，结果就违反释道安的主张：案本而传，不令有损言游字。

作家止庵在微博上把《枕草子》第一段起首四句的几种翻译抄出示众，周作人译：“春天是破晓的时候（最好）。”“夏天是夜里（最好）。”“秋天是傍晚（最好）。”“冬天是早晨（最好）。”林文月译：“春，曙为最。”“夏则夜。”“秋则黄昏。”“冬则晨朝。”于雷译：“春天黎明最美。”“夏季夜色迷人。”“秋光最是薄暮。”“冬景尽在清晨。”三人的译法各显风格。周故作白话，而林刻意仿古，可能她以为这就是雅。就原文来说，那种文体在作者所处时代算不上文言，也不属于雅。时当提倡白话、创造近现代汉语，周作人为白话而白话，情有可原，而且功不可没，但今天读来不免有过于直白之感。甚至用括号来补充原文内涵之意，这等于放弃了彻底的翻译。周作人认为俳句以及诗不可译也就不译，用一句大白话直译过来，让读者玩味不到俳句的妙处，只听他大咋其舌。知其不可为而为之，应该是译者的使命。《枕草子》是日本的古典，译成什么样腔调为好呢？周作人有一段文字，我觉得用来译日本古典如《奥之细道》之类再好不过了："歌人用数单字以成诗，正犹画师之写意，淡淡数笔，令见者自然领会其所欲言之情景，其力全在于暗示，倘白描着色，或繁辞缛彩，反失之矣。盖其艺术之目的，但在激起人之深思，而非以餍饫之也。故读佳妙之短诗，如闻晨钟一击，幽玄之余韵，缕缕永续，如绕梁而不去。"

语言和文字以传统为重，本质上应该是保守的。日语的标准语并不是成熟的语言。明治维新后，二叶亭四迷、森鸥外、夏目漱石等文学家不懈地创造口语体文章，但标点符号至今也没有规范，有没有都可以，在哪里断，随个人的便，虽然这也与日语有助词相关。经济大飞跃，急剧国际化、城市化、大众社会化、价值多元化，社会的混乱首先表现在语言上，假名词语增多，报刊标题滥用罗马字母。另一方面，一些作家如井伏鳟二、福田恒存、大冈信、丸谷才一固执旧式表记法，更多的人对衰败的方言满怀乡愁。不用汉字写不出高度的意义内容，这是日语的宿命。日语与汉语有某种“同文”关系，董炳月博士在所著《“同文”的现代转换》中指出：“这种现代‘同文’关系，导致了日语翻译为汉语时的一种特殊现象——‘汉字借用’（表象为将汉字翻译为汉字）。比如在激昂日语的‘国民’、‘国语’、‘尚武’、‘个人’、‘地球’、‘银行’等词汇翻译为汉语的时候，汉字的书写形式本身并没有变化。本质上这是一种非翻译的翻译，汉字词汇只是从日语体系转移到汉语体系之中，因此仅仅是借词而不成其为译词。这成为日语借词大量存在于汉语之中的主要原因。”拿当今来说，“职场”、“料理”、“达人”、“完胜”等日语词汇在中国尤其被年轻人时髦地使用。好些词语是动漫带进来的。日本动漫起初并不是自主地走向世界，而是被盗版等拉上亚洲及世界。倘若硬要把自己的文化推向世界，在哪里都会引起反感罢。

日本人引进汉字，有音读和训读两个法子，音读就是连音带意思都要，训读只要意思，音还是他们自己的。例如汉字词语“人气”，我们只搬来了意思，读音是汉语的。榻榻米，日语写作“叠”，但我们不取字形，拿来了字音和字意，类似于西方语言的音译。固有名词似不妨照搬，例如“寿司”，几乎已植根在我们的生活里。但“玄关”、“在来线”、“四帖半”之类，还是请译者费心尽力地翻译为好，尽量别玩闹、偷懒或显摆，把那些没多大用处的日本词汇弄进来搅乱我们的中文。由于时过境迁，一些日本词我们看着眼熟，其实意思已似是而非。譬如“晚酌”，日本不过是日常语，我们却觉得雅，就误解了他们。周作人早就告诫：“日本文里无论怎样用汉字，到底总是外国语，与本国的方言不同，不是用什么简易速成的方法可以学会的……假如日文里没有汉字，更好是连汉语也不曾采用，那么我们学日本文一定还可以容易一点。”

眼下日本文学的翻译出版很热闹，也就有点乱。原因起码有二，一是听说有书获奖或畅销就争抢着翻译出版，再是随便地翻译出版那些著作权已过保护期的作家，如太宰治、永井荷风、林芙美子，自然主义流派的作品。

忽记起学译之余吟过一首诗，献丑：两三点雨谁先沾，此地楼高应近天；偶遇生疏懒查问，百思一语胜参禅。

旧书店血案

我也算爱读书，但是不藏书，好像有一点不以物喜的意思。不过，对那些有书房以及书库的人还是羡慕的，羡慕嫉妒恨，写一篇“旧书店血案”吓吓他们。听说喜欢淘书、藏书的人都喜欢读推理小说，大概四下里收罗，追寻某本书，也带有推理的趣味。围绕书的冒险似乎是男人的本能性爱好。一心要据为己有，对于书的极致不是热忱，简直是杀机。

日本推理（侦探）小说是在欧美影响下发展起来的，今天仍然学欧美，但是拟题名，好像远不如美国吓人。譬如约翰•邓宁的作品，日本翻译出版的，叫《死亡藏书》，还有《旧书灾难》《爱书人之死》。他生于1942年，听说连高中文凭也没有。自1974年出版三本推理小说都遭受冷遇，1981 年搁笔，在丹佛开办旧书店，专营古籍珍本。时常参加当地推理小说家聚会，被一位怂恿，1992 年再作冯妇，出版了《死亡藏书》。不像日本人那样给书扎一条腰带，而是在封底印四条关于旧书的谜题，说：读《死亡藏书》找答案罢！六千五百册两天售罄。初版本定价十九美元九十五美分，很快就卖到一百五十美元。

旧书，这说法似嫌笼统，不妨把那种因稀少而升值的旧书叫古籍，推理小说大都是拿它当题材。收藏初版本之类古籍是玩钱，穷人如我者，买的是减价的旧书，图便宜而已。价钱之贵贱，判断是看它对于你有多大价值罢。上世纪八九十年代，日本虽小，经济却不可一世，土豪们走向世界，四千万美元买《向日葵》，八千多万美元买《加歇医生肖像》，把名画抢购得“高度成长”其价格。但风水流流转，今天就要看中国人的了，尤其向日本伸手，不单单美术，而且是同种同文，书籍也不放过，日本人已经心惊肉跳。旧书价上涨，用旧书、旧书店编故事写推理也多了起来。1990 年代逢坂刚写了一个长篇，叫《站在十字路口的女人》，宫部美幸写了一系列短篇，叫《寂寞的猎人》，看题名都像是爱情小说。

江户川乱步是日本推理小说史上第一位大家。出道之前，和两个弟弟开过旧书店“三人书房”。架子上还摆出一本他自己制作的《奇谭》，内容是关于推理小说的感想与研究，最终没人买。乱步好藏书，其故居及藏书现今归立教大学所有，两位推理文学评论家费时十二年编辑了《幻影之藏——江户川乱步侦探小说藏书目录》，但乱步好像从不曾涉笔旧书或旧书店。逢坂刚没开过书店，1986 年获得大众文学的最高奖赏“直木奖”，十年后辞职，专事写作，把工作室就设在神保町。中国有这个街，那个街，却没有书店街。旧书店在日本成街成巷，最有名的是神保町，聚集一百多家旧书店，规模为世界之最。这条旧书店街上开天辟地第一家是高山书店，门口挂了块看板:创业明治八年，即公元 1875 年，大清光绪帝即位。传说当年美军接受了俄国出身的日本研究家叶理绥建议，才不曾轰炸地处东京市中心的神保町。不破不立，建设的破坏有时不次于战争。1960 年代计划在神保町上面架起高速路，旧书商们群起反对而作罢。1990 年前后神保町地价高涨，大学接踵往郊外迁，办公大楼从大手町那边侵占过来。驱赶旧书店，不能像攻打联合赤军固守的浅间山庄那样强拆，就雇些地痞从早到晚在门口念送葬经，或者几个人跪在地上一个劲儿叩头，不停说“请您乔迁罢”。《站在十字路口的女人》就是以这个时代为背景。旧书商顽抗，大体把旧书店街保存下来，现而今最大的问题是店家后继无人。《寂寞的猎人》里，好心的女作家让孙子跟着爷爷在东京老街上经营旧书店，店内没有什么值得珍藏的书，净是些给人读的，却不断发生些大大小小的事件，就由这爷俩儿破案。逢坂刚把自己那份对旧书以及旧书店街的热爱都转嫁到笔下的冈坂神策身上。这位私立侦探受托调查的不是案件，而是诸如西班牙的科里亚德尔里奥有不少人姓“哈蓬”（西班牙语，日本之意），查查他们是不是17世纪初仙台藩派遣家臣支仓常长率团出使欧洲时有人滞留不归，繁衍了后代。冈坂第一时间就是去旧书店街挨家找资料，解谜故事与淘书趣味浑然一体。读者从书里读到书外，猜猜小说中的“古乐堂”究竟是街上哪一家，又多了一番乐趣。

推理小说家大都爱炫学。纪田顺一郎本身是书志学家、出版研究家，也写点小说，如《旧书店侦探事件簿》，写到书的知识很自然。这是个短篇集，主人公辞了公司开一爿小小旧书店，叫“藏书一代”，意思是藏书只限于爱好者一代，不传子孙。淘书人都知道小宫山书店，1972年这家旧书店在神保町建起了一座带电梯的七层楼，轰动一时，其后旧书店纷纷建高楼。《旧书店侦探事件簿》中的小高根书店原型就是它。想知道东京古书会馆定期卖旧书的景象，可以读高桥克彦的《写乐凶杀案》。

读纯文学读的是人，读大众文学读的是日本人。大众文学家山本周五郎在武士小说里也写到淘书，例如《冷饭物语》：穷武士家的老四在家里是吃冷饭的，人生无望，唯一乐趣是淘书，被领主知道了，提拔他司书。“旧书店主作家”出久根达郎应该读过这个短篇小说，他的《御书物同心日记》也是穷书迷的幸福故事。德川家康爱书，在江户城内建文库（图书馆），由“御书物奉行”率领“御书物同心”管理。东云长太郎排行老三，也是在家吃冷饭的，酷爱珍本，被一位御书物同心收为养子，世袭了职位。虽有些小推理之趣，但出久根更热心于记述江户时代的图书事情。

松本清张早年曾写过旧书故事，叫《两本同样的书》，题名甚至有一点温馨，第一句是“故事从旧书目录的事开始”。藤田宜永的短篇小说《变形的繁星》落笔淡淡的：“每天被旧书山围着，抽烟等待顾客来。有时看看书。小说也好，非虚构也好，什么都无所谓。书名读完也就忘了。”三上延近年出版的《比布利亚旧书堂事件册》属于轻小说，读来完全是日本“卡瓦伊”。店主是美少女，用旧书知识加上小聪明解谜，好像日常生活中大家在一起猜闷儿，读者多数是女性。比布利亚旧书堂设定在北镰仓，不禁想起几年前奉陪上海出版界朋友在北镰仓一家旧书店淘过书，还拍了照片。用这个小说改编的电视剧由刚力彩芽出演，生生比封面彩图更可爱，那就更吓不着我们的藏书家了。

旧书的标价

话说日本：书进到书店，价格是出版社定好的，印在书皮上，这个定价受法律保护，书店零售不可以随意提价或降价。旧书就是另一回事了。店家收来二手书、"三手"书（也可能有出版社清理库存的"一手"书），自己标上价格，待客而沽。可以说，标价是旧书店的生命线。

台湾月庵兄从事编辑行多年，转到旧书业，在微博上写：一年一度岁末募书活动是环保也是公益，兼有年终大扫除的意思，每年最忙就是这两个月，忙得特开心。而身为旧书店店长的谢之馨妹妹呢，就要忙着标价了。她在脸书上写道：入行一个月就被丢去估书，工作九个月后，店长跑去日本环岛，剩下菜鸟顾店。一开始一天标书三百本，接下来标四百本还自己上架，然后是五百本以上，一个人标，另一个人上架，现在则是标七百本，两个人负责上完。到此为止，我大概已经快三年没有完整地从头到尾教过另外一个人标价这个技能了。

旧书店标价旧书是一种技能，凭的是经验和感觉，所标价格也就带上店家的个性。因而被之馨标了价，“好几个老书友（认识久并非年纪大）说，若是中间经过我这一关，恐怕就没有捞书捡漏的乐趣了”。逛旧书店通常有二乐，一乐淘到寻觅已久的书，二乐遇上价出意外的书，捡个大便宜。像评论家鹿岛茂那样爱旧书（叫真的话，他爱的是古书）甚于爱孩子的人毕竟是少数，想买却嫌贵常常是旧书爱好者的痛。画家林哲夫写过一本书，叫《气死旧书商的方法》，题目有意思，或许最有效的方法就是死乞白赖让店家杀价，这等于挑衅他标价的技能。早年卖旧书，标的是谎价，给顾客留一点讨价的余地。岩波书店不叫出版社叫书店，它起初确实是书店，且是旧书店。1913 年岩波茂雄创业伊始就打破行规，明码实价，标多少钱卖多少钱，一开始总得跟顾客吵，哪里有不许砍价的游戏规则呢。日本搞战争，推行低物价政策，1940 年出台“公定价格”，按出版年代指定旧书价格与定价的比率，旧书店不得任意标价。1980 年代后半经济像泡沫一样景气，旧书价高涨，鹿岛茂觉得日本的旧书比外国贵多了，例如芥川龙之介《罗生门》初版本标价六十万日元，而同时代出版的法国瓦莱里《年轻的命运女神》初版限定本才六万多日元。究其原因，其一是大学、研究机构如雨后春笋，填充图书馆，旧书店抓住商机乱标价。

开过半辈子旧书店的作家出久根达郎说：文学书的旧书价格表示作家被需要的程度，在某种意义上，它是了解某时代读者状况的线索。他讲述近现代作家在旧书店里的标价，就叫作《作家的价值》。明治时代以讽刺闻名的作家斋藤绿雨逛旧书店，店伙计告诉他那边的书便宜，顺着手指看过去，原来是他的书。旧书贵贱都不属于作家的进项，但店家对书的估价关系到面子。小说家井伏鳟二和朋友们喝完酒，经常顺路去一家旧书店，各找各的看价钱。一看标价低，井伏就太为不满。后来店主一看他进店，就赶紧偷偷换价签。井伏嘴上说太贵了，太贵了，这下子我的书肯定卖不出去呀，却是满心欢喜。他们出了门，店主又恢复原来的价格。

旧书爱好家看重初版本。周作人从东京旧书店买到永井荷风的《东京散策记》，“乃是初板原本，虽然那两种翻印本我也都有，文章也已读过，不知怎的却总觉得原本可喜”。物以稀为贵，小说家藤泽周平有一个作品《看见龙的男人》，先是在他故乡的报纸上连载，随后由报社出版单行本，印数少，几乎不为人知，旧书价格就高出定价十几倍。收齐三岛由纪夫作品初版本精品，花费足以建一栋小楼。“龙生书林”专营近现代文学初版本，店主大场启志是三岛粉丝，著有《三岛由纪夫 旧书店的书志学》，书中明示三岛旧书的价格，说明标价的理由，从旧书这个角度论说三岛文学，别有新意。有个叫岸部四郎的演员破了产，据说原因之一是耗资收集永井荷风初版本。石川啄木默默无闻时拿自费出版的《向往》换烟钱，旧书店开价5钱，为定价的十分之一，现在值150万日元。芥川龙之介初版本不大有销路，他的墨迹却值钱，一张明信片，写五行字，价值48万日元。

或以为书畅其销，丢也丢不尽，旧书就应该“有市无价”，但实际上，畅销书每每是后来之势，出版之初印数未必多，譬如司马辽太郎的《龙马》有国民文学之称，长销不衰，而初版本少见，标价三五十万日元。

“日本近代诗之父”萩原朔太郎1917年自费出版诗集《吠月》，定价90钱，“追求这个诗集的珍贵价值”，初版不加印而绝版。泡沫经济年代文学书初版本动辄上百万日元，但泡沫崩溃后一落千丈，例如井伏鳟二的《收账旅行》最贵时六七十万，现在跌到了一半。《吠月》却是个例外，在诗集爱好者中间仍然有人气，标价200万日元。如今旧书市场上明治文学不卖钱了，夏目漱石的《我是猫》明治年间出版的三卷本曾标价350万，现值250万日元。泉镜花《日本桥》是画家小村雪岱的装帧，曾标价七八十万，已降到五六十万。像漱石、镜花一样，谷崎润一郎也重视装帧，说不假他人之手，自己做一本书是无上快乐。装帧漂亮有趣是他的书在旧书市场受欢迎的原因之一。

近年兴起的新型旧书店标榜半价，这个价就是谁都能标的了。还有一种“一箱旧书市”，把自家淘汰的书装在装柑橘的纸板箱里，上跳蚤市场论箱卖。加盟全国旧书商联合会的旧书店约二千四百家，东京有七百八十家，不可谓少。有人说，不爱花钱，爱买便宜货，是日本人的国民性，旧书行业也藉以发达罢。大家把钱包往死里攥，通货紧缩，经济迟迟景气不起来。安倍晋三花开二度，又当上总理大臣，要狂印钞票，使物价上扬，旧书也将跟着涨价罢。该是旧书爱好家往外抛书的时候了，——旧的不去，“新”的不来。

书有金腰带

我不喜欢书上缠一条纸带，说是叫书腰，尤其做得稀松的，好似往昔老太太的裤腰带。日本叫作“带”，因为像女人穿和服所系的“腰卷”，所以也这么叫，此外还有些叫法，杂志叫它兜裆布。日本第一个给文艺书系带的，是1914年（大正三年）东云堂出版阿部次郎著《三太郎日记》，1926年（昭和元年）以后普及开来。迄今上百年，几乎书必有带，虽然很服贴，但不少人觉得碍事，去之为快。

书的带与护封是整体设计，去掉带，护封就提不上裤子。日本的书大都用护封，倘若去掉它，封面便近乎光板。套封和带是活的，可以旧桃换新符。出版社把书店退回的书换个新套封，换条新纸带，面貌一新，又焕然上市。

书价只印在护封上，定价有变时只须换皮不换瓤。搞推销活动，譬如太宰治诞辰一百年，或者暑假读的百本书，统一制作新腰带，给这一百本书系上，摆在书店里亮眼。若改编成影视，也可以换带，印上明星倩影更招摇。

我买来书，先给它（她？）宽衣解带，但也不随手丢掉，而是存在一处，反正也不占地方，因为说不定哪天卖书换酒钱，带就值钱了。旧书商看重带，没有带，好似缺少了部件，被视为残品。据说喜好不完整美是日本人的天性，旧书商却追求完整美。

旧书商的学问不是写成文章，而是表现在旧书的标价上。旧书商作家出久根达郎说：旧书商是没有学位的书志学家。大场启志当之无愧，他热衷于经营三岛由纪夫，写过一本书，名为《三岛由纪夫 旧书商的书志学》（1998年11月出版）。据之，三岛切肚皮那天，一位在早稻田一带专营文学书初版本的旧书商从神保町的旧书市场回店的路上听到了消息。本来开车用不了多少时间，此日却异常堵。随着消息接连传来，越来越惦记店里的书架，焦躁不安。可算到了店，三岛初版本已全都卖掉。事件还不清楚，居然就抢购。好些店家一听到消息就赶紧把三岛下架，收到里面去。事件之后三岛旧书价陡涨，但两个月过去也就冷下来。

村上春树是被读者读得过分的作家，而三岛是被评论家评得过高的作家。三岛的《爱的饥渴》，带上印着："辉耀战败后文坛 俊英三岛由纪夫的野心之作！"他的《裸体与衣裳》初版本，护封与带齐全，价格十五万日元，没有带，一万五。《假面的告白》初版本，护封与带完好，五十万，没有带，只能卖四五万。1956年出版的《幸福号出航》，有带八万，无带七千。新潮社1956年出版《金阁寺》限定二百册，定价二千五百日元，旧书1969年为十二万，1975年二十五万，1995年七十万。

战败后，太宰治的书初印七千册。自杀后出版的《人间失格》，没有带的卖一千来日元，带完好的卖二三万。《古德拜》，书带又当作电影招待券，所以留存下来的极少，有带者值三四万。没有什么书值得读一百遍，因为用心读的话，三五遍足以烂熟于心。除非当作了圣经，但圣经本不是通读的。司马辽太郎读太宰治全集读过好几遍，他1958年出版的《白色欢喜佛》有带十八万，无带四五万。

很多读书人不承认书的带具有附加值，认为那不过是出版社用来自卖自夸的，与书本身无关。带是出版商唯一可以在书上恣意做广告的用武之地。如何看待，那就凭你对广告的心态了，其实用不着较真。近年来出书就畅销的推理小说家东野圭吾，2003 年出版《信》，带上写的是“《白夜行》之后三年东野圭吾新代表作”；2007 年出版《黎明街头》，带上写的是“东野圭吾新境地而且最高杰作”；2008 年出版《流星纽带》，带上写的是“超过所有东野作品的现代娱乐文学最高峰”；2009 年出版《反论 13》，带上印的是“东野圭吾娱乐文学的最高杰作”，这些话只怕连责任编辑也不信。带上印的广告叫“带广告”（文案），找什么人写，要费些脑筋。当然尽可能找名人，名人往往更懂得游戏规则，写得凝练而煽情，语不惊死人，不休；要知道，学问不等于教养，名人未必是道德家。带的话语权不在作者，也不在责任编辑，权在社里，常常由营销掌控。由于字数少，这二五句话有没有著作权，似无定规。

车谷长吉的《飙风》，带上写“最后的私小说”。日本人爱用“最后”一词，大概有后无来者的意思，这是夸大之词，却也语出有因：因所写不实，被人家告上法庭，真个是心灰意懒，车谷不再写所谓私小说。《挪威的森林》是作者村上春树亲手装帧的，上下两卷，一卷大红，一卷大绿，像日本的小店，绿树掩映，坐床铺红毯，支一把红伞，又像旧时中国村姑的红袄绿裤，也像西方圣诞节摆设的一品红。书带上印着：百分之一百的恋爱小说。为什么写这么一句？村上自道："过激、病态、理智、后现代、实验小说，它都不是，只是普通的现实主义小说。所以，请按这个意图读。"不过，他尝试了"彻底的现实主义文体"，但是在当时，性描写那么真切生动，女人可不好意思公然捧读它。

日本曾有过一个标榜"有趣而无益"的月刊杂志，叫《半开玩笑》，由走红的作家轮流当半年主编。1973 年 7 月号至 12 月号是五木宽之坐庄，提议设立"日本腰卷文学大赏"。设定之辞有云：学欧美诸国刊行物，新著附一纸片介绍内容。纸片仅数厘米，虽只数行，但文章绚烂巧致，以致其内容、感人之处、价格、概要尽纳于此一小宇宙，为读众导向。实乃 20 世纪出版文化之精华，贵重且有趣。腰卷不只覆女体之阴部，且以一片薄布使凡妇化为幽艳丰丽之美妇，沸五尺男儿之血。每月选三篇既能传达新书之趣又具独自之美的腰卷予以发表，每半年再从中选取一篇颁发本文学奖。

不知这一篇文字是不是五木手笔，似乎欠了点汉文功底。忽而想起明治年间的1901年，油画家黑田清辉展出一幅《裸体妇人像》，警察认为是猥亵，败坏风俗，用一块布把裸妇腰以下遮掩，被称作腰卷事件。更有意思的是去年（2012年），东京国立近代美术馆举办“日本的裸体1880—1945”展，用于车内广而告之的海报遭东京地铁公司拒绝，因为上面是黑田清辉画的女性上半身裸体，大概厕所涂鸦与教堂壁画同样能诱发日本男子汉的痴。筒井康隆也主编过《半开玩笑》，而且入主了一年，去年他把书评结集出版，大江健三郎在带上推荐："一路玩笑的大读书家。”可惜，《半开玩笑》办了六七年就破产了。后来《达·芬奇》杂志（1994年创刊）也搞过“本月腰卷大赏”。

台湾谢之馨掌管一家旧书店，她在脸书上写道：标书（给旧书标上售价）的时候总是会标到书腰上一堆人挂名推荐的书，或者“万众瞩目的新小说家写得无限感人的小说”，或者“这是一本来自天上讯息有穿透力的书”，或者“总而言之，每一点都是值得称道，带给读者惊叹的畅销二十二国的巨作”。可是，卖不掉啊，她这样想，于是果断地标上六十元台币，或者发配到特价的行列。

大陆某作家在带上被吹得不着边际，辩解说那个带也可以拿掉。倘若对于你来说，书不是读的，而是藏的，那就赶紧买下他的初版本，有带的。说不定哪天中国也会像日本旧书业一样重视带，此书可能就升值，如果那时候读者还把这作家当回事的话。

改变了生活的编辑家

多年前读过一本书，叫《战后搞糟了日本的学者和文化人》。1977年出版的，那时候隔岸的中国结束了比抗日更持久两年的文革，邓小平复出，恢复高考。作者细川隆元是政治评论家，当过众议院议员，他要“替天捉妖”，剥去六十多个讨他厌的“用笔施暴的传媒文化人”、“破坏年轻人青春的说教文化人”、“冒充市民主义的贵族文化人”、“把煽情、猎奇、无聊当文化的卖艺文化人”、“谈经济却解决不了经济问题的经济学者”等的假面。虽然闹不清此公是否也属于某种“妖”，但读了以后再仰视名人就多了一个心眼儿。后来还曾想，似不妨照日本小猫画中国老虎，攒一本书就叫作“谁搞糟了中国”，或者“搞俗了”。

之所以蓦地想起这本旧书，是因为刚读了一本新书《花森安治传——改变了日本生活的男人》（津野海太郎著，新潮社 2013 年 11 月出版）。细川隆元也曾把花森安治列为“妖”，指责他“仍然在鼓吹礼赞战争的生活”。

花森卒于 1978 年。出版界时常念叨这位名主编，但社会很快便忘记，这正是时评家的宿命罢。2011 年诞辰一百年，有心人搜集，近年来接连推出《花森安治趣文集》（三卷）、《花森安治集》（三卷），不久前（2013 年 7 月）还出版了一本名言集锦《燃灯之言》，又风光起来。不过，好像花森更愿把自己当编辑，生前并不在意把这些“杂文”结集。作为《生活手册》杂志的主编，他是个传说。

日本以战败无条件投降为界，把时代分作战前与战后，类似于我们说文革前、文革后。柴田炼三郎写武士小说是后话，战败之初复员，又回到《日本读书新闻》编辑部，花森安治给该报画插图，他觉得花森的“稚拙当中有行家身上找不到的新感觉”。女编辑大桥镇子打算带两个妹妹创业，虽然很有点恐惧花森的蛤蟆脸，但包子好吃不在褶上，还是请他出山襄助。开办的是面向女人的出版社，却叫作“衣裳研究所”，意思以衣裳为中心研究日本人生活，用杂志的形式发表成果。花森 1933 年考入东京帝国大学文学系美学美术史专业，毕业论文是“服饰美学”。二十九岁被征兵，派驻中国松花江边的依兰县，一年后患病回国。退伍重返化妆品公司，军政府已禁止制造、销售香水。协助近乎恩师的佐野繁次郎编辑出版《妇人生活》丛书，从装帧、版式的风格以及编辑手法来看，花森名义是助手，实际上担纲。1948 年衣裳研究所以花森为主编创刊《美丽的生活手册》。创刊词有云：这是你的手册 / 这里写了各种事 / 当中一种两种今天就对你的生活有益 / 即使另一种两种好像不会立刻有益 / 深埋在心底 / 早晚改变你的生活方式。1953 年更名为《生活手册》。“生活”是近代翻译 life 的词语，带有黄油味儿，花森未采用，用的是“过日子”，这个老词更切合战败后庶民的贫困日常，所以《生活手册》译作“过日子手册”更准确些。这个综合性生活杂志有两大特色，一是从不登广告（除了广告本版书），二是编辑部对商品性能、质量、安全性进行验证，这不仅是一种商品批评，而且是社会批评、文明批评。起初季刊，改为双月刊，印数达到过九十三万册。主编一种杂志三十年，在日本出版史上创纪录，空前，也可能绝后。

美术也好，文学也好，花森安治都没有走纯粹艺术家的道路。自称编辑匠，采访、撰稿、插图、美术字、摄影、版式、装帧，以及广告、海报，事无巨细，全由他一手操作。独断专行，甚至是独裁，他认为不然就编不出具有个性的高质量杂志。1969 年到京都采访，因心肌梗塞倒下。望着天棚，想到把十二三年来发表在《生活手册》上的文章结集。1971 年出版自选集《一钱五厘旗》，获得读卖文学奖。

战时明信片价格是“一钱五厘”；军政府用一张明信片就把人征召，士兵的价钱是一钱五厘，甚至如花森所言：“其实，连一钱五厘也不用。”被美国大兵占领，兜头盖脸给了个民主，但平民百姓并没有升值，他们的旗仍然是“一钱五厘”。花森写道：“我们的旗是乞丐旗／用破布头缝缀的生活旗／我们把这面旗竖在晒台或屋顶／看哟／世界上第一面我们庶民的旗／下次我们不后退。”他在屋顶真插过一面“一钱五厘旗”，迎风飘扬，想来像一件百衲衣。花森一生致力于改变日本的生活。改变有形的生活，无形的思想也随之变化。将荣格心理学引进日本的临床心理学家河合隼雄赞他是“手感的思想家”。

关于花森的传说有很多，确实可信的个人资料非常少。日本对美国开战的 1941 年，他跳槽到大政翼赞会做宣传工作，“礼赞战争”。创作煽动人心的标语口号他也是高手，例如“奢侈是大敌”，又如“什么都不要，直到胜利”“这不够那不够，是脑筋动得不够”。喊得震天响的流行标语把生活搞得一团糟，以致花森的这段履历被装进社会档案，常为人诟病。人们听了天皇的投降诏书就齐刷刷转向，恐怕是心里早已厌恶战争。其实，有的标语并不是花森创作，而是征集来的，他却从不置辩，也令人费解。1971 年他在《周刊朝日》上这样说：“我确实犯了战争罪。要是找借口，那就是当时什么都不懂，上当受骗。但我不认为这样就可以免罪。今后自己绝不再受骗，也不去增加受骗的人。我觉得看在这个决心与使命感的分上，过去的罪至少被处以缓刑。”

战争是生活的大敌，花森安治战后转变为反战，虽然在细川隆元看来，他用以改变日本人生活的思想就像他从战争年代一直用到 1978 年去世前一天的桌子一样是一以贯之的。人老了，爱回忆，其言也善。当年在中国干过坏事的日本人“谢罪”，即赔礼道歉，每每令我们感动。狂欢过后把责任推给当权者，自己像没事儿人一样，固然很有点可恶，然而若不能像花森那样对战争或浩劫予以彻底的否定，“下次我们不后退”，“我们的日子要是跟政府的想法冲突了就推翻政府”，那么，“谢罪”可能不过是表演一下人生的豁达，或许化解了个人恩怨，却遮掩了历史的真相也说不定。

2013年初大桥镇子去世，享年九十三，世田谷美术馆举办“追悼展”，展出了八幅花森画的《生活手册》封面原作，那种生活气息的“卡瓦伊”依然很鲜活。现今《生活手册》印数已不到二十万册，主编是松浦弥太郎。从网上查看，他是写手、书商，爱穿西装，似乎生活价值观与花森安治全然不同。

惜栎庄

佐伯泰英是“时代小说家”。

所谓“时代小说”，我译作武士小说。这类小说大都以江户时代为背景。士农工商，武士是领导阶级，为民表率，即便写市井人情，也少不了武士，最终要砍杀一番，惩恶扬善。

佐伯泰英这位武士小说家颇有稀奇之处。

他生于 1942 年，日本大学艺术系电影科毕业，先是做摄影。旅居西班牙三年，写真斗牛士有名。那里故事多，于是写纪实及推理小说，二十年间出版三十本，本本无销路。眼看写作是死路一条，有编辑建议他试一试武士小说。时年五十七（1999 年），一气创作了三本，祥传社出版的《密令》竟重印，摘掉了“万年初版作家”的帽子。这个小说有范本，人物设定、故事编排模仿了藤泽周平的《保镖日月抄》。佐伯写剑客，编辑曾嫌他描写亲情和日常过多，缺少血腥与色情，但是他坚信，武士小说的魅力在于描写江户市井的恭谨的生活情景，这正是藤泽文学所长。把武士放在庶民的日常生活里，有剑，也有爱有泪，写出人情味，动人心弦，一发而不可止，便写成“密令”系列，直至2011年末完结，计二十六本。

佐伯自称小说匠（职人小说家），机械地写作。小说结构是定型的：五章，每章四节。一天写一节，四百字的稿纸十八张到二十张。像他笔下的武士一样（或者说，把武士写得跟他一样）早上三四点起床，伏案写半节，早饭后再写两三个小时完成定额，二十天写出一本书。即使脑海里空空如也，也硬着头皮写。高产作家每每不旁骛，佐伯不打高尔夫，不泡酒吧，也不跟同行交往，如此无趣，能创作出有趣的世界吗？其作品有九个系列，据一位全都读过的论客说，哪个系列都诱人继续往下读。最为人爱读的“睡猫磐音”系列已出版三十九本，印数累计一千二百五十万册。佐伯以动物的本能领悟：出版界严酷，活下去的唯一方法是大量地生产作品（商品）。日复一日，2003年写十三本，2004、2005年写十四本，以致被称作“月刊佐伯”，也带有揶揄之意。

日本的文学出版有一个很活人的方式，即“一鱼三吃”：作品首先在报刊上连载，而后出版硬皮书，过两三年推出文库版，作者可以拿三次稿费。从读者来说，被网罗三次，兴许有益于文学的传播。当然，报刊有限，三吃一条鱼的人并不多。佐伯是一锤子买卖，径直用文库版形式出版武士小说。虽然不是第一个，隆庆一郎等作家也尝试过，但唯有他坚持下来，且大获成功。但对于因循守旧的出版界，这种方式是一个破坏，自不免被小觑。

文库，这一出版形态是岩波书店1927年创始的，以教养为号召，用廉价小开本普及古典。学生上前线，背包里塞着岩波文库本，例如隆庆一郎，转战中国带的是《叶隐》，埋下他年过花甲写武士小说的前因。岩波文库赚了钱，1941年创办人岩波茂雄修建了别墅。犀前有一株栎树，据茂雄女婿小林勇在《岩波茂雄传》中记述，栎树粗而矮，干上有洞，长了胡枝子。幸田露伴主张叫栎庐，但茂雄坚持叫惜栎庄。由著名建筑家吉田五十八设计，所有的房间能望见海，战败后一度被美国占领军没收。

在西班牙，佐伯曾为战后派作家堀田善卫夫妇开车打杂，当时有几家出版社竞相把堀田的旧作印行文库版。

夫人开导佐伯：作家被文库化，才能算够格，就一辈子不愁吃了。确实，司马辽太郎、池波正太郎、藤泽周平长销不衰的就是文库版。文库版武士小说出了四十多种，佐伯在热海购置工作室。无巧不成书（也不成小文），拾石级而上，比他家低六、七米的地方有一栋年久失修的老屋，松叶掩映，门牌上写着“岩波别庄”，原来这就是惜栎庄。佐伯想：“我是读物作家，虽然同样活在出版界，但和以思想书、哲学书以及岩波文库为中心致力于出版事业的岩波的学究式风格完全没关系。”其实有关系，正因为他这样的武士小说家走俏，才苦了岩波书店，存活维艰，乃至出让惜栎庄。此时，佐伯的文库版武士小说已出版一百种，大发其财。惊愕之余，对岩波文库应别有感情的佐伯决定买下来，加以翻修，为日本出版史留下一件纪念物。功德无量，却也是出版文化的一个悲喜剧，令人感慨系之矣。

关于翻修惜栎庄，佐伯写《惜栎庄通信》详加记录，并夹带与几位人物交往的回忆，在岩波书店的PR杂志《图书》上连载后，2012年6月出版。这是他的第一本随笔，也是他时隔十多年出版的硬皮书。他说他还没想好怎样活用惜栎庄，怎样还原给社会。那么，我建议开设文库出版史展馆——“从岩波茂雄到佐伯泰英”。茂雄喜爱一句唐诗：白鹤高飞不逐群。但佐伯写的是江户故事，却不解汉诗文，惜乎哉。

大江健三郎的私小说

丸谷才一昨年去世了——卒于2012年10月13日，呜呼哀哉，尚飨——他与人合译过《尤利西斯》，也写评论和小说。或许作为文艺批评家的一面太强势，写小说就有点理论先行，虽然接二连三获奖，我却不喜欢。喜欢的是他的随笔，书评尤其好，他主张书评是一种文艺。长年担任多项文学奖评委，独具慧眼，例一是推举村上春树，但多数评委如大江健三郎不以为然，以致村上两度错失芥川奖，或者应该说，芥川奖终于错失了村上。

当今作家各自为战，基本上没有流派意识，评论家顶多把他们按年代分拨，文坛不再像上世纪二三十年代，三派鼎立。但丸谷说，今天的文学状况其实也似曾相识：相当于艺术派的现代主义文学以村上春树为代表，继承无产者文学的最好的文学家非井上厦莫属，而私小说对作者身边的事情感兴趣，用作素材，在这个意义上不就是大江健三郎吗？

他说大江文学是私小说，不大是好话。因为他小时候读日本近代文学就觉得没意思，更不看好私小说，1960年代以来痛加批判，死而后已。

丸谷生于1925年。通常把田山花袋1907年发表的中篇小说《棉被》定为私小说滥觞。谷崎润一郎在《青春物语》中回忆私小说当年的盛况："读自然主义诸作家的作品，除了白鸟、独步、秋声等二三人之外，几乎谁也不会觉得好。事实上，要说那时候自然主义的蛮横，恰如两三年前无产者文学勃兴时代，而且更盛气凌人。关于这一点，常举出的例子有承揽镜花先生小说的书肆遭一群自然主义作家抵制，只好取消出版的事件。不管阿猫阿狗，只要写自然主义的作品就好，这种风气简直有'不属于平家就不是人'，不属于自然主义就不是作家之感。唯鸥外和漱石两大家超然于时流。"

私小说的"私"，日语是我的意思，不过，私小说也未必非用第一人称"我"为主人公不可，《棉被》即第三人称叙事。拥护私小说的人，如评论家秋山骏，几年前出版《私小说这种人生》，把它捧为“日本独特的足以骄傲的文学”，但几乎不消说，这玩艺儿也是从外国拿来的。从法国拿来自然主义，照猫画虎，也就是加以改造，便造成具有日本特色的私小说。也有人主张私小说定型于近松秋江 1913 年发表的《疑惑》等，近松曾说过，私小说描写本人最直接的经验。咸出于己而无取乎人，写本人及其周围那些事，坦白从宽似的从实招来。大概私小说是基于基督教的告解，但告解于文学，恐怕并没有忏悔之意。私小说是写实的，虽然那现实之小，只限于自身及其周围。它故意不拉开小说人物与作家的距离，典型地表现了日本文学艺术的一个特征，那就是生活与文学或艺术处于未分化状态，常搅在一起。评论家小林秀雄曾一语论定：日本私小说的“私”是一己之私，没有像西方那样社会化。丸谷才一厌恶私小说不过是作家的生活报告罢了，欠缺社会性与故事性。

为什么在两次大战之间私小说统治了文坛呢？评论家加藤周一分析：“其理由，恐怕是因为当事者的居住空间很封闭，表现的空间也就封闭。无望改变环境，就只好改变自己。观看的对象不动，下功夫改变看法就成了家常便饭。”

私小说作家大都出生于地方，如岛崎藤村、田山花袋、德田秋声、正宗白鸟，进京上学，掌握了英语，读西欧自然主义文学，便一味地模仿。谷崎润一郎、芥川龙之介生在东京，骨子里带有江户时代传下来的审美感觉，接触西洋的颓废、耽美，两相结合，创作出唯美主义文学。他们信仰写美文就是文学，瞧不起自然主义作家幼稚的恶文。正宗白鸟在《自然主义文学盛衰史》中明言："尽管在人生态度或创作态度上，《棉被》里有划时代的东西，但作品本身极为粗糙。"加藤周一甚至这样说："诸恶之根源是岛崎藤村、德田秋声等所谓自然主义的作家们用不知道日本古典遑论汉籍也能写的文章开始写私小说。写变得容易了。是日本人就能说日语，所以也能写小说，使这种可怕的思想普及的就是他们。"

加藤所说的现象于今为烈。以往有出版当道，现而今任谁都可以上网写，简直像写作的跳蚤市场，虽然可能有城管。人都有诉说的欲望，特别是女人，总想要倾吐一肚子的人世间最大的不幸，倘若写出来，就是私小说。文学青年和私小说作家有什么不同呢？前者自以为正义，直接发泄不满或不平，而后者自我否定，完全归罪于自己，采取的却是欲擒先纵的迂回战术，最终还是要自我肯定。

写真事不难，难的是虚构。有想象力才能虚构，才能像村上春树那样说谎言，像莫言那样讲故事。田山花袋所谓“露骨的描写”，不是描写英雄形象，也不是描写高尚的一面，而是赤裸裸地描写本人的丑恶，这就需要勇气了。他就是把勇气留在了文学史上。岛崎藤村的《新生》写自己跟侄女通奸，发表后侄女无法做人，不得不远走他乡。田山曾担心岛崎自杀，他却活得好好的，芥川龙之介骂他是“老奸巨滑的伪善者”。照实写本人及身边事容易惹官司。近年也有过柳美里、车谷长吉的私小说发生原型问题，对簿公堂。车谷竟至不再写私小说。人权意识的环境毕竟今非昔比了。

夏目漱石不写私小说。他也是东京人，在人生最后的随笔中写道：“我迄今杂七杂八地写他人的事和自己的事。写他人事的时候顾及尽量不给人家添麻烦，谈本身经历时反而能够在比较自由的空气中呼吸。那我对自己也未达到能完全去掉欲望的程度。虽没有撒谎欺世般的虚荣心，但也终于不披露自己更卑劣、更丑恶、更丢面子的缺点。”个人的丑恶也可能具有普遍性，就代表人的丑恶。中国文学与日本文学的差别，就当代来说，似乎前者缺少的正是私小说性质的东西。写检讨非自我暴露不可，写小说则只能写他人。无论抄不抄写“讲话”，中国作家的路数也不见大变，到底不可能触及人性。就此来说，似不妨试试日本上百年前的私小说，或许这也是当下翻译出版本家早已不读的《棉被》之意义所在罢。实际上自然主义文学的风靡也只是文坛小圈子的事，这种小报八卦似的“卑俗的东西”在市场上从不曾畅销。当时畅销的是通俗小说，先有尾崎红叶的《金色夜叉》、德富芦花的《不如归》，后有菊池宽的《真珠夫人》以及武士小说（相当于中国武侠小说，起初叫大众文学，后来所谓大众文学把推理小说等类型文学统统包揽了进来，成为与纯文学对峙的概念）。

丸谷才一比大江健三郎年长十岁，逝去前一年，再加上筒井康隆，三人在报上谈读书。大江提到丸谷的那个说法，说“确实我要现代地写私小说”。又有《巴黎评论》问大江：“你的绝大多数小说都是基于你个人生活。你认为你的小说是日本私小说传统的一个组成部分吗？”

大江答：“私小说的传统中是有一些大作品的。岩野泡鸣，他在19世纪晚期和20世纪早期写作，是我最喜爱的作家之一。他用过一个短语——‘无可救药的兽性勇气’。但私小说是讲述作者的日常生活被某种不寻常的或特别的事件——海啸、地震、母亲之死、丈夫之死——打断时所发生的事情。它从未揭示个体在社会中的角色这样的问题。我的作品发端于我的个人生活，但我试图揭示社会问题。”（见《我是一个热爱民主的无政府主义者》，许志强译，载《中堂闲话》2012第五期）

私小说不涉及社会，这是它的定义及特色，既然志在揭示社会问题，那就不该把自己圈进去。私小说向来被当作日本文学的正统，大江到底也不好免俗罢。芥川曾写道——“我也并非不告白。不管多少，我的小说是我的体验的告白，不过，诸君不知道。诸君劝我的是以我自身为主人公，恬不知耻地写我身上发生的事件。……第一，给爱看热闹的诸君看我的生活底里，我是不快的。第二，把那种告白当材料捞取多余的钱和名也是不快的。譬如，我也像一茶那样写交媾记录，再把它刊登在《中央公论》或别的什么杂志的新年号上，读者都觉得有趣，批评家赞为转折点，朋友说终于赤裸裸了——只是想想都起鸡皮疙瘩。”

自然主义文学风行二三年便匆匆收场，但时当日本近代文学草创，占据了中心位置，一直控制着日本文学史以及作家、读者的文学概念。日本小说都带着私小说的胎记，譬如地理性描述真实不虚，一旦畅销，原型之地便竖立文学碑，招徕旅游。战败后顺应剧变的时代，时兴批判私小说，说它把日本走向西欧小说的路变成了羊肠小道。小说家、评论家中村真一郎认为田山花袋的作品从今日来看是完全无价值的东西，即便当时的文学史意义多么大。私小说被蔑视，1980 年代基本丧失了纯文学中心的地位。本世纪以来，又有人顺应剧变的时代，鼓吹私小说复兴。手法之一是纠缠到底是艺术还是现实，于是，几乎除了武士小说而外，譬如村上春树的《听风之歌》《挪威森林》，从虚构中钩沉出作家经历与体验的痕迹，便扯到私小说上去。泛私小说化，夏目漱石的《道草》、三岛由纪夫的《假面告白》、菊池宽的《无名作家手记》都被指认为私小说。还是芥川龙之介说得好："卢梭是喜爱告白的人，但《忏悔录》中也看不见赤裸裸的他本人。梅里美是讨厌告白的人，但《高龙巴》不是隐隐约约在谈他本人吗？归根结底，告白文学和其他文学的界线并不是一清二楚的。"

饮食男女村上龙

《村上龙料理小说集》，村上龙的龙不写作竜，而是龍，日本不强求书同文，所以，原文书名这八个汉字我们也看得懂。料理一词在中国已通行，未见抵制，好像用起来还有点洋气，基本就特指日本饮食。不过，所集三十二个超短篇小说不止于写饮食，醉翁之意，也在于男女，人之大欲存焉。

2007年又有出版社把半数取自《村上龙料理小说集》的十几篇小说重新编辑，书名就干脆叫《特权的情人美食》，副题更豁亮：村上龙料理与官能小说集。饮食男女，这是人类最古老的文学命题。

饮食与男女是两件事，但在人的本能上、生活中天作之合。单纯写美酒佳肴，为吃而写，属于美食家的擅场，归类为美食评论、烹饪方法或店铺指南。小说家写吃，应别有意图，起码是营造气氛。村上龙笔下，食物的色香味形更用作暗喻，不单在舌尖上，并勾起对性的记忆，联想到女人，两全其美。“生牡蛎滑落用白葡萄酒冷却的喉咙时的那种感触，沾满了情欲。”“三种意大利面弄得鼻腔发痒，产生性欲的联想。”不过，他说“第三种戈尔根查拉，听说是像头发一样细的面条的意思，撒满青霉干酪”，但是查《广辞苑》，“戈尔根查拉”是地名，“青霉干酪”原产于那里。

为这个作品文库版撰写解说（相当于我们的序）的是一位大厨，说村上龙不做菜，但知悉菜的真髓。这真髓不就是性吗？渗血的粉红色烤肉更充满野性。“‘吃这个肉想起来了吗？’女人的下颌动着。‘全都想起来了。’我一边把肥肉滑进嘴唇一边点头。那是在女人的住处……”“我”也想起了肛交，女人的屁股柔软得“好像刚才吃的烤肉”。

村上龙说过：菜肴具有使人陶然的要素，可以跟SEX同等地描写菜肴。“油炸小牛肉的面衣底下有一层乳酪和蘑菇，我每天吃它，想起百老汇的少女，面衣的沙啦沙啦感触让人想起因海洛因变糙的少女肌肤。”

《村上龙料理小说集》是所谓短篇连作，一以贯之的“我”可以认定为村上龙本人。“我”是电影导演，每月在大学讲一堂电影论，所以除了性，小说中也常谈到电影。“女人脸红了，舌头舔着红葡萄酒沾湿的嘴唇说：‘哎，《闪电舞》，看过吧？拍得很不错的片子嘛。詹妮弗·比尔斯一边吃大虾，一边用脚碰恋人的那儿，记得吗？’我点头。‘我就是那种心情，现在。’我像往常一样主菜点了烤肉。”

“我”以东京为据点，满世界飞，亚洲、纽约、南美、欧洲、北非等。看似孤独，其实这正是他所追求的独特的生活方式，饕餮各种食，交接各种色。食是高档的（“这个店很好吃啊，很贵吧”），色的品位却不高（“百老汇街头揽客的最次的娼妓哟”）。而且只有性，毫不关涉爱。一个离了婚的男人，每月和儿子吃一次饭，上中学的儿子只是吃，不说话。一次吃黑乎乎的乌贼鱼墨汁拌面条，他说：“吃这个面条拉黑屎。”儿子眼睛发亮，半年以来第一次开口说话：“啊，真的吗？”翌日，儿子来电话：“爸爸，真的呀，屎是黑的呀。”儿子时隔一年多的电话让男人激动得流泪。作者难得地写到了夫妻儿女之间的温馨，但那电话都是男人在和人家的夫人大白天做爱中接听的。

读《村上龙料理小说集》值得注意的是发表年月：

1986年1月至1988年9月在文学杂志《昴》连载，随即出版单行本。那个年代，经济如泡沫一般膨胀，日本人不可一世，那股子盛气简直要买下美国。我是1988年随出国潮东渡的，赶上了泡沫经济，虽然在一个小公司打工，却也夜夜跟着吃喝。前些天电视上有一个问你“幸福吗？”的节目，问五十多岁人，觉得现在年轻人幸福吗，一律回答不幸福，说：“我们像他们这么大的时候每天下班泡酒馆，吃吃喝喝。”二十多岁的年轻人是在不景气中成长的，不少人安贫，自得其幸福。村上龙小说或许“满足了一般人的富贵梦”（据说是余秋雨语），但这样的年轻人读了恐怕也无动于衷。经济评论家喟叹：年轻人这么简单地感到幸福，日本就没有明天。

1976年村上龙以小说《无限接近透明的蓝色》获得芥川奖，亲自装帧的单行本大畅其销。年轻的村上龙是幸福的。《村上龙料理小说集》初版附有“赞助店一览”，一色是世界顶级店，写作成本之不菲可想而知。对于一般人来说，那是非日常的世界，若无某种“特权”，则可望而不可即。“我”认识了一位日中混血的老板，打算出资拍电影，掏出一大笔钱（相当于“我”两个多月的薪水），让“我”游香港，都不知怎么花才好，一连三晚大吃响螺，

“总是吃完了那种味道就完全消失”。

村上龙生于1952年，比村上春树小三岁，但是早三年出道。龙读美术大学时去过春树开的爵士乐茶馆，说不定这位少年得志的作家也刺激了春树呢。由于同姓，前后脚登上文坛，二人有W村上之称，时常被拉到一起比较。他们给纯文学插上了空想的翅膀，几乎把私小说逼进绝地，但是从为人到文风，二人都迥然不同，粉丝军团也互不兼容。两个村上都是小说家，都还有另一个头衔，春树是翻译家，龙是电影导演。春树笔下的人物总在找什么，寻寻觅觅。而龙常常是邂逅，邂逅了脸上做过十一次美容手术的前女优，与一位空姐竟六度邂逅，牵扯的美食是生牡蛎。近年春树也努力关心社会，却显得勉强。龙更像个媒体人，主持电视节目，主编电子杂志，总是一副与时俱进的姿态，越来越用力于社会、经济以及政治。人到五十五，石器时代早该死掉了，体力自然开始了衰弱，那时他说过：“也许味觉比过去更敏感了。有一阵子也疯一样美食复美食，但年轻时满足食欲优先。最近最留有印象的是春天在上海吃的黄色的鱼翅汤。”

日本有各种道，茶道、花道、香道……但没有“味道”，《广辞苑》查不到这个词。日本人的味觉似乎很原始，最善于品尝天然的鲜味儿，以致发明了味素。村上龙在上海喝了鱼翅汤，问大厨这是怎么做的，黄黄的。一五一十地说了，他惊讶厨师把秘不外传的技艺教给了日本人，但大厨说：关键是把握火候等，想模仿也绝对模仿不来。中日这两个民族的菜肴最大区别即在于用火。日本人多食生冷，用火也没有节奏，强调的是材料的自然味道。日本古典文学里缺少像《红楼梦》那样的衣食描写，近代以来所谓食味随笔颇不少，如檀一雄《檀家菜》、邱永汉《吃在广州》、吉田健一《我的食物志》，还有子母泽宽《食味随笔》、内田百闲《美食册》、狮子文六《食味岁时记》、草野心平《口福无限》等。当代一些小说家喜欢把衣食絮絮地写进小说里，如江国香织、边见庸、川上弘美。多是西餐，一串串片假名，有时也不免有文字填充料之嫌。

小说家高桥源一郎评价村上龙："在现存作家中，关于文章，大概堪称最大的天才。一时间模仿者不绝于后，但好像最近少了。"莫非龙老矣，文学已有点过时？食色即人生，最终的感慨总是关于人生的，哲学兮兮。村上龙写道："我们越上岁数越害怕感伤，因为不能挽回的时间忽忽地增加。但同时也能遇见从情感上保护我们的东西，例如那普罗旺斯海鲜汤似的东西。那普罗旺斯海鲜汤塞满了海香，以及勇气。”

暧昧的川端康成

谁说话都有自己的腔调，别人一听就知道是你，这腔调若写成文章，那就是你的文体。不过，援笔作文，往往都装腔作势，可能就弄得自己也不知道自己是谁了。日本人爱读村上春树，他的文体有特色。他不爱抛头露面，结果一露面就成为新闻，以至像作秀，搞什么战略。前些日子电视上看见他走了几步路，六十多岁的人了，把帽遮扣在脑后，便仿佛感受到他的文体。

有一个诗人，叫祢寝正一，也写小说，《高圆寺纯情商店街》获得直木奖，他说："让我说，《听听风的歌》真是'咖啡馆老板文体'。当然不是说结构，而是说村上春树的世界观是咖啡馆老板式的，文体也那个样子了。不用说，文体的手够得着的长度和那文体所能表现的世界相对应。”对于这类说怪话似的批评，村上向来不以为然，早说过：“我的作品无论什么样都具有一贯受文坛主流攻击的体质”，“这种体质才是我作品的重要生命线”。虽然同属于高度大众社会的通俗文学，可村上不欣赏川端，他说这也与他讨厌诺贝尔奖意识有关。川端康成领风骚，常登台亮相，却不爱谈自己的作品。村上总躲在家里，躲到国外，但他像搞当代美术的画家一样，一有机会就自我解说，或许他压根儿不认为粉丝们真能读得懂他那些貌似平白的作品所寓含的深意罢。

小说家都拥有自己的文体。三岛由纪夫华丽，谷崎润一郎笔下多修饰语，但意思明晰，而川端康成的文体是朦胧的，便像是继承了平安朝文学的传统，很有日本味儿。读川端小说一不留神就找不到主语了，例如《伊豆舞女》，中译本有这样一句：“我抓住绳梯回过头来，想说一声再见，可是也没说出口，只是又一次点了点头”，其实川端写的是：“我伸手抓绳梯回头时，舞女要说再见，但还是作罢，再次只点点头。”之所以“再次”，是承接上文：“舞女低头注视着壕沟入海的地方，一言不发。只是我的话每次没说完，就连连哈腰点头。”

本来可以写得更明白些，但川端康成偏要玩暧昧。

翻译他的作品比较难，或许这个难也正是川端文学的魅力所在。谷崎润一郎在《文章读本》中比较《源氏物语》的日语原文与英语译文，得出了一个结论："英文比原文精密，没有意思不鲜明之处。不说也明白的事，原文就尽量不说了之，而英文即使是明摆着的事也要让它更明白。"又说：日本文学家用片言只语暗示，促动读者想象力，让读者自己来补充不足的地方，而西方的写法是尽量把意思限制得狭小细致，一点都不许隐晦，不给读者留下想象的余地。所以，用日语作文，铁则是"不要拘泥于语法"。"不大考虑语法，努力省略为语法而添置的烦琐语言，用心恢复为日语所具有的简素形式，这是写出好文章的秘诀之一。"（这里说"恢复"，是因为上文说到初学者不妨暂且按西方语法作文）。中国人写日语文章，常被日本人夸奖日语很标准，其实从文学的标准来看，这不太算好话。

译者应该最了然原作的文体，但文体不是说译就译得出来的，起码需要有模仿的才能。翻译小说最好找与本人文体或文风相近的，庶几能得心应手。什么样小说都翻译的译者可能有七十二变的本事，也怕是最不可信。我这里说的是翻译具有文学性的作品，至于一般的小说，特别是推理，"超译"也无妨，或许那更适于推理也说不定。

美国人赛登施蒂克从1954年开始翻译日本文学，第一个把川端康成的作品翻译到欧美，为他日后获得诺贝尔文学奖立下了头功。这位赛兄把《山音》译成英语时很有点为难，因为川端经常不厌其烦地使用一个词，例如《蝉翼》篇当中一连串七个“やさしい”。他搜索枯肠，把“やさしい”们变换成不同词语，好似千手观音的一些手里各有所持。大概中文跟英文一样，一个词翻来覆去不是好文笔，所以中译本译作“和蔼”、“不错”、“慈祥”，变化多姿。日本人对这样的修辞却看法不一。小说家大冈升平说：不怕重复；同样是小说家的五味康祐嘲讽川端康成在《雪国》里竟用了十九个“何か”，词汇贫乏，缺乏汉文素养，靠假名打马虎眼。

可是我觉得，起码像这个“やさしい”，川端康成是有意为之，因为这家人就是在说道老人信吾对儿媳妇菊子“やさしい”这事儿，乃至不由地怀疑，西方人对东方的修辞及文体到底能领悟到什么程度。又如《睡美人》：“六十七年的生涯里，江口老人当然也有过和女人的丑陋之夜。而且，那样的丑陋反而是忘不掉的。那不是姿容丑陋，而是来自女人的生的不幸扭曲。江口已到了这把年纪，不想又增加一次和女人的丑陋相遇。来这家万一有事，他就这么想。可一个老人要在被弄得昏睡不醒的女孩子旁边躺一夜，有这么丑陋的吗？江口不就是来这家寻求那衰老的丑陋之极吗？”连用了六个“丑陋”，似乎也不必帮诺贝尔奖得主丰富词汇，增添文采，就让那江口老人“丑陋”到底罢。

信息论有一个说法：好的翻译会比原文长。但是就日译中来说，这不是真理。日本有文学素养的作家会顾及一个页面上汉字与假名的平衡，若译成中文，假名统统被拿掉，汉字就紧密地团结在一起了。而且，“感到老丑”也无须费话地译成“看见衰老的肉体而感到厌恶”。日语受汉语影响千余年，两者的差距比中文或日文距离英文近得多。日本人拉大日语跟汉语的距离很可能出自“脱亚入欧”的心态，而我们说“学英语是哭着进去笑着出来、学日语是笑着进去哭着出来”，似乎也不无增加懂日语在人们心目中的分量的意思。译文比原文长，往往是意译造成的。积四十年之经验，赛登施蒂克说：“最近我的想法转向了最好尽可能忠实地依从原文的字义。过去是比较自由地意译，如今不仅自己努力避免随便的意译，看别人的译文也觉得那样的意译不怎么令人佩服了。”

赛兄乐呵呵应邀随川端康成去斯德哥尔摩，为他演讲

《美丽日本的我——其序论》做翻译，却不料被瑞典方面当作了随行通译。翻译（笔译）与通译（口译）是两个行当，能笔译未必也能口译好，口译更需要机智。记者问川端：奖金打算怎么花？川端答：先买点瑞典的传统东西作纪念。但不知何故，这位赛兄给译成了考虑捐给瑞典的机构。第二天媒体大加报道，他狼狈不堪，川端却觉得有意思，说：没什么嘛，不用管，过几天大家就都忘了。这正是川端以及日本人暧昧的底细罢。所谓文如其人，如的是文体。

巧骗读者的推理小说

再过一个星期就举行婚礼，高之的未婚妻朋美驾车掉下了山崖。三个月后，朋美的父亲邀高之到别墅度夏，还有其他几个人。有人怀疑朋美是他杀。两个抢银行的凶犯逃进了别墅，用枪控制所有人。夜里，朋美的表妹雪绘被插了一刀……哦，高之来到别墅时，看见门上挂了一个木雕面具。

据说，介绍或推荐推理小说，说破了谜底，是天下第一杀风景的事。因为读推理小说的乐趣全在于解开那个谜，恍若与推理小说家斗智。那么，我只能把《假面山庄杀人事件》的内容说这些，或许你读来有似曾相识之感。

作者东野圭吾摆布几条线，读者不由自主地探究朋美事故之谜，寻思人们如何逃出抢匪的掌控，当然更关心在别墅这个“密室”里谁杀死了漂亮的雪绘，并不是“大丈夫敢做敢当”的逃犯所为哟。故事推进到高潮，小说家对读者展开决战。出人意外，又解释得头头是道，那就是小说家得胜。东野甚至敢于向读者下战书：推理所需要的线索全摆明了，好，推理犯人或真相罢。

当今文坛，有两位小说家出书必畅销：大体上属于纯文学的村上春树，纯粹是娱乐文学的东野圭吾。东野的单品销量可能比不过村上，但是比村上多产。2011 年出道二十五周年，由读者投票，将其七十六部作品排座次：一向坐头把交椅的《白夜行》让位，第一是《嫌疑犯 X 的献身》，其后依次为《白夜行》《流星纽带》《新来的》《假面舞会酒店》《信》《秘密》《红手指》《时生》《盛夏方程式》等。对于这样的小说家，人们不仅爱读其作，对其人也大感兴趣。譬如，他为什么能写得这么有意思？为什么他写了就能畅销？关于东野圭吾，更可以乐道的不是这些年的春风得意，而是他的另类，“苦节”十年。

2012 年出版《恼屋杂货铺的奇迹》，获得中央公论文艺奖，东野演说：“说老实话，现在也不大爱读书，读自己的校样都经常睡过去。”他常说自己从小就不爱读书，国语成绩特别差。上高中以后，许是受姐姐影响，总算从头到尾读了一本推理小说。不喜欢读，却喜欢写，才读了一本小说就动笔写起来，一写就三百页。这应该是喜好模仿罢。大学时读了松本清张的全部作品。作为枕边书，睡前必读的，是《小拳王》和《巨人之星》，两部很有名的漫画。东野出生在大阪的陋巷。水至清则无鱼，他这条鱼游到东京，喜欢的地方是老城区浅草，那种乱糟糟很像他老家。长篇小说《时生》(2002) 的背景是 1970 年代，恰当他从初中到大学，而 1970 年代的东京，那是从这两部漫画里读来的。他曾说《时生》随意写自己想写的世界，自然天成，乃集大成之作。这种话不过是作家的自我宣传罢了。譬如村上春树时隔三年出新书，出版社吊读者的胃口，“故”隐其名，村上而且说：“本来打算写短的小说，但写着写着，自然而然就写长了。就我来说，这种事可不大有，好像是《挪威森林》以来罢。”说得不动声色，但是要知道，所比拟的《挪威森林》是他的第一畅销书。

东野任日本推理作家协会理事长，也当着江户川乱步奖评选委员，2012 年高野史绪的《卡拉马佐夫妹妹》获奖，他又说老实话：本人没读过这个考验人耐性的小说。自己不读书，写书时就用心，好让人能够把他的书读完。

因为写得有意思，所以，“我写的东西与艺术性无缘，今后也想捡拾读书这张网的漏网之鱼。”

他生于1958年。从大阪府立大学工学系电器工学科毕业就职，业余写小说。连续应征了三次江户川乱步奖，1985年以《放课后》中的，就此出道。翌年兴匆匆辞职进京，专事写作。举行签名会，第一天亲朋捧场，好一阵热闹，但第二天只来了一个孩子，羞得他十六年之后才重开签名会。写来写去，直到十年后的1996年，短篇集《名侦探的戒律》荣列“这本推理真厉害！”1997年第三位，总算打响第一炮。候补六次，1999年以《秘密》获得日本推理作家协会奖；入围六次，2006年以《嫌疑犯X的献身》获得直木奖。算下来各种奖项他落选十五次。所谓新本格派推理始自绫辻行人1987年发表《十角馆杀人》，说来东野与绫辻以及有栖川有栖、法月纶太郎等前后脚起步。第一批新本格派的据点在关西，莫非东野过早离开了那里，从未与他们合群。在东京单打独斗，自有编辑们支撑，可以说，他是讲谈社等大出版社打造出来的。《假面山庄杀人事件》在读者投票排行榜上位居四十一，出版于1990年，正好苦节之路走了一半。东野说他想出好办法，把别墅强制性隔离，可谁也不夸奖，又毫无销路。推理小说家折原一称赞这个小说是让他“羡慕嫉妒恨”的杰作，分析当年之所以打了哑炮，是因为年末上市，被淹没在赶集般出版的洪水中，转过年来就成了去年的旧书，不被注意了。

对于这不遇的十年，耿耿于怀，拿来当题材：《怪笑小说》(1995)、《毒笑小说》(1996)、《黑笑小说》(2005)。“黑笑”所收第一篇《另一个助跑》写一个叫寒川的小说家，促狭他苦节三十年，更苦过东野本人，似乎也有点五十步笑百步的自慰。最后一篇《评选会》里寒川听说请他当新人奖评委，惊喜得几乎把刚喝进嘴里的咖啡喷出来。2012年东野又出版《歪笑小说》，十二个短篇把出版业弊端与文坛潜规则当作笑料，笑编辑，笑作家，也笑他自己，读来可笑，却不能一笑了之。

东野从大阪移居东京时，随身带半部“获奖后第一作”《毕业》(1986)，要给编辑看看他下笔如有神。主人公叫加贺恭一郎，初出茅庐是国立大学四年级学生，毕业后做了一阵子中学教师，辞职上警察学校，步关系冷漠的乃父后尘，走上警察之路。加贺从此在东野小说中发展。《沉睡森林》里当上警视厅搜查一科的刑警；经过《恶意》后，调到练马署，活跃在《谁杀了她》《我杀了他》《红手指》

等案件里；20年后，《新来的刑警》(2009)把用武之地转到日本桥地方，接着是《麒麟之翼》(2011)——日本桥的灯柱上塑有张开翅膀的铜麒麟。出版社出于营销战略，历来鼓动推理小说家创造一个无所不在、一以贯之的名侦探，譬如西村京太郎的十津川警部、内田康夫的业余侦探浅见光彦，东野的就是加贺恭一郎。他热衷于事件设计，不像宫部美幸那样用力于人物点描，加贺这个人物的外貌也很少着墨。对于女性，常常是“美女”、“年轻女人”之类符号性描述。东野说：“加贺并非解决事件本身，而是一点点深入事件的背景、内侧。并非知道了犯人就完事，在搜查上他把重点置于犯罪为什么发生。”这应该是松本清张开创的社会派推理的路数。虽然一点点脱离正规推理，但古典的密室杀人对他仍别具魅力。

东野出身于理科，“想运用自己所拥有的理科知识写小说”是顺理成章的。例如写脑移植的《变身》(1991)，本应给人带来幸福的医疗技术却造成意外的悲剧；以体育运动为题材的《美丽的凶器》(1992)，描写恐怖分子用异想天开的手法袭击核电站的《天上的蜂》(1995)。由短篇集《侦探伽利略》(1998)起头的伽利略系列，属于正规推理，帝都大学理工系准教授汤川学帮助老同学草薙刑警破案，运用专门的科学知识，破解案件中不可思议的超常现象。2005年出版的《嫌疑犯X的献身》是这个系列中的第一个长篇。汤川博士与加贺恭一郎刑警是东野成功塑造的两个名侦探。他描写科学技术本身，更着眼于科技对人的影响。由此又进入科幻，如《操纵虹的少年》(1994)，以至穿越时空如《时生》，出现在失业青年拓实面前的时生其实是他的儿子，来自未来。

“好像小说家喜欢电影的多，不止于喜欢，想什么时候自己执导试试的人大概也不少。我其实就是一个。拍不了电影，所以也不无用小说来将就的意思。”东野的作品时常被改编为影视以及舞台剧。他也写随笔，“铁则是笑自己”。第一本随笔集《那时候我们傻乎乎》(1995)中写道：“与其说随笔，不如说很有点自传。”村上春树说小说是撒谎，莫言说小说是讲故事，而东野圭吾说推理小说就是在骗人。读推理小说，是因为“人有‘想被骗’的欲望”(见《大概是最后的应酬》，2007)。

文章读本八十年

文章读本，这个说法是谷崎润一郎创造的，或缘于“文章轨范”。宋人谢枋得编纂的《文章轨范》16世纪传入日本，在江户时代后期流传甚广，尤为尊王攘夷的志士们爱读。我翻阅它，以及明邹守益编纂的《续文章轨范》，人已在日本，见之于明治书院印行的《新释汉文大系》。

“读本”是明治初年的英语译词，用于小学教科书，后来泛用为入门书之意。“文章读本”就是教人写文章。有人好学，就有人好为人师，这类入门书颇多。却也有差别，小说家所作大都叫文章读本，而学者、评论家者流编写的，往往名之为文章作法、文章术或论文写法什么的。祭起“法”与“术”，就有点吓人。我只对小说家言略有些兴趣，有意无意地搜集了几种，作者为谷崎润一郎、川端康成、三岛由纪夫、中村真一郎、丸谷才一、井上厦。

谷崎润一郎第一个写《文章读本》，1934年出版，明年就该祝它八十周年了。谷崎卒于1965年，过两年著作权作废，或许我们的出版社又会像这几年翻译慧眼识谷崎的永井荷风一样翻译得不亦乐乎。言归正传，谷崎怎么就发心写《文章读本》呢？大概首先是为钱，根本则在于积长年创作之经验，觉得白话文发生并发展近半个世纪，芜杂粗糙，而且丢掉了日本传统美，下决心从我做起，变革文体，增加日本元素。

明治维新后，文化人发起白话文运动，抛弃以汉文为中心的传统文章，采用以小说为代表的西方文体。固有语言与外来的语法及文脉相撞，创造并育成白话文，是需要技术的。而最有这技术的，非小说家莫属。如丸谷才一所言："文明把制造文体的工作整个委托给小说家们""近代日本文学的最高事业也许不是一个个作品，而是小说家合力创造了白话文。"同样创造白话文，夏目漱石用心于文，而自然主义作家们拒绝传统与古典，恣意于白话，甚而给日本人打下了一种能说就能写的心态。中村真一郎指出："近代白话文的完成是思考的文章与感觉的文章相统一，因此，有资格完成它的，是那些学者兼作家的人。”列举的实例是森鸥外、夏目漱石、幸田露伴，他们是小说家，同时是移植西方文化的人。谷崎的《文章读本》把西方文章与日本文章加以比较，显示日文独具之美。此前他还写了关于生活方式的《阴翳礼赞》，主张日本美在于阴翳。一本文明论，一本文体论，这两本随笔的主旨是一个，即批判浅薄的近代化搞糟了日本。

谷崎始作俑，大畅其销，菊池宽和川端康成也相继效尤，出版了文章读本，但听说是捉刀之作，应属于出版社跟风策划罢。又过四分之一个世纪，1959年轮到三岛由纪夫写《文章读本》了。就在半年前，他曾为谷崎读本写下这样的评语："中学生时候逐字逐句读了，大为倾倒。对于当时荒谬的作文教育的（恐怕现今也如此）、宁死也不加修饰的、达意为本的、只把现实主义文章认作文章的作法有反感的我，读谷崎读本豁然被打开眼界，因谷崎先生不偏于自己的好恶、客观地承认一切种类的文体的各自价值的态度而加强了信心。如今日语乱如麻，恶文怪文正充斥天下，谷崎读本再度出世适得其时。反省日语的微妙特质，对于新时代文章的形成也是必经之路罢。”崔颢题诗在上头，三岛须另辟蹊径。谷崎说：我认为文章没有实用与艺术之分。三岛反其道：就像有专供观赏之用的水果一样，严格地说，文章也有纯供欣赏的作品。于是，谷崎教人怎么写，三岛教人怎么读。他要把泛读的人导向精读，因为不经历精读阶段就不能品味文学，不能品味也就当不上作家。三岛读本的这种鉴赏角度，有助于我们中国读者领略日本文学之美。

三岛读本中随处闪烁三岛的批评才气。他写道："写'月亮升起来,屋檐亮堂了,二人出去散步'这样的文章时，若是从前的我，不往里填塞自己的各种感觉性发现就写不下去。大概要对月亮加以形容，对檐的亮堂和那亮堂所独有的色调浓淡加笔一番罢。但我如今不在这种地方费力了，宁可热衷于修饰文章中的各处绳结使之自然平坦，因为觉得结太多，吞咽那文章会卡住嗓子里。我也警戒文章太有个性化外观，因为那样一来，读者光注意作者的个性,就不读故事。"这正是谷崎润一郎主张的"去掉多余的修饰，只用实际需要的词语写"。不过，就这一点来说，恐怕三岛是说到做不到。例如他对谷崎读本的推荐语，那一连串的定语修饰，固然是日语行文的特征，但以他为甚，也就太有了个性。读他最后的小说《丰饶之海 天人五衰》，特色之一是修饰，浓妆艳抹。三岛好用比喻，在这个读本里也层出不穷，不喜欢他的人很爱拿他这个癖好揶揄他。书后附有十五条答问，妙趣横生，仿佛让我们看见三岛的另一面，并非总那么装，一脸的严肃。例如“谁是小说中的头号美女？”答曰：你写谁就是谁。这是语言的抽象性赋予小说家的特权，而戏剧、电影非露出那女人的脸面由观众裁定不可。

三岛之后，1975年中村真一郎、1977年丸谷才一接连出版《文章读本》。写文章读本的小说家都兼具评论家的素质与才能，从文章作法入手，另有醉翁之意。中村读本梳理了文章及文体的变迁，别是一本白话文通史。丸谷立足于文学史，反复强调半个世纪里几位小说家撰写文章读本，“不妨看作昭和文学一特征”。“明治维新以后小说家们的最高功绩是给近代日本提供了白话文，日本因之而得以存续。说不定如此贡献于一个文明的小说家们在世界文学史上实属罕见呢”。

三岛由纪夫说：他的目的“不是要把某一种类型的文体定为最高，独断地制造文体的阶级制度”。莫非受这句话启发，斋藤美奈子反而咬定文章读本是男性贵族阶级的世界，造成了名文信仰与拙文歧视。这世界上最多女作家的国家大概是日本，但确实，文章读本几乎是武士帝国。

作为文艺评论家，斋藤的本事是分类贴标签。十来年前好像满怀了某种女权主义者对历史的怨恨，出书批判文章读本，书名是一个嘲弄，且胡译为《文章读本大叔们》。她为文章读本归纳了“四类作者、五大须知、三大禁忌、三大修业法”，说到底，该书也属于文章读本之类，只不过写法采用了哗众取宠的唱反调罢了。

文章读本必引用范文，三岛引用了五十六个日本人、五十二个外国人。斋藤写道：“从无序存在的无数文章中，基于作者的价值判断适当地甄别取舍,贴上‘好例子’、‘坏例子’的标签，无非帮忙把文章序列化、歧视化。引文是文章读本的权力装置，既充当阶级斗争的武器，又作为维持阶级的工具发挥作用。”她主张文章是衣服，可以按时间、地点、场合替换，什么时候在什么地方穿什么样衣服无须听命于人。对文章进行规范，不免有限制表现自由之嫌。实际上 1980 年代以来，规范如轨的东西进一步崩溃，譬如小说家桥本治一再拿文章读本开涮，叫喊《别摆臭架子，文章读本》。当今是网络时代，斋藤的主张就更为动人。文章读本是写给普通人的，谷崎、三岛等一流文学家都有意破除一个迷思：任谁都能写。三岛就看不惯世上流行的文章读本这样媚俗。丸谷才一说：

写需要带一点架势。井上厦说：不要像说话那样写。文章这东西有一种微妙的专业特质，极平易的文章看上去谁都能写，却需要特殊的专业打磨。但随着手机、电脑的普及，写演变为日常茶饭事，而且热热闹闹进行着一场大众的白话文运动。谁都能写，这种思想已近乎迷信，三岛等大家的说教招人反感也说不定。

高桥源一郎吹捧斋藤美奈子给文豪们致命一击，但好像读者不买账，文章读本们照旧缕缕地上市，连高桥本人也攒了一本。不过，即便是小说家之作，当今也不再一律叫文章读本，如三田诚广的《深，并有趣的小说写法》(1999)，保坂和志的《为了厌烦写作的人的小说入门》(2003)。高桥更招摇全民写作，叫作《一亿三千万人的小说教室》(2002)，书前有一篇《有点长的前言》，书后有一篇《短得多的后记》，曰："我在这个'小说学习班'里想干的第一件事就是让你更了解语言这玩意儿的精彩。"当然，与时俱进，引用的范例从森鸥外、志贺直哉之流变换为村上春树们了。

《文章读本大叔们》荣获第一届小林秀雄奖，妙的是冠名于此奖的文艺评论家小林秀雄曾评论谷崎润一郎的《文章读本》，"看似平常，但读了想想，觉得到底是名著。”“此书所讲的也许很通俗，但丝毫不是空谈。充满了实际的指教，而这般有品格的通俗书终究不是凡庸的文人或专家能写得来的。”

警察的两难

东野圭吾在日本如日中天，听说走进了中国也很红很俏，虽然他的国家甚至连出版社也没有把他推向世界的意思。出道三十年，出版七八十种作品，前两年读者投票，给它们排名次，《彷徨之刃》坐上第十二把椅子。偶然读了，忽然想说说，好在这部小说不是写精心谋划的犯罪，写的是对于罪犯的复仇，说破了读推理小说最值得说的谜底也无妨。

主人公长峰重树曾是射击迷，但小说开篇，他翻看枪的图谱都觉得心底像针扎一样。于是，我们立马能断定，他非拿起那杆已变成室内装饰品的枪不可。果然，女儿绘摩看烟火一去不归，被早起垂钓的人发现了尸体。长峰死了妻，爱女是唯一的骨肉，无价之宝。有她，当父亲的才能忍受任何苦难，才能对今后的人生抱有梦想。一个神秘电话说，犯人是两个未成年的少年， 菅野和伴崎。找到伴崎住处，发现了蹂躏女儿的录像，悲愤交加。恰巧这时伴崎回来了，长峰二话不说，操起灶台上的尖刀（日本的菜刀很像中国杀猪刀）杀了他，还割下男根，但懊悔没给他活着割下来。如果说杀死伴崎带有发狂的冲动，那么，追杀菅野就完全是有计划的行动了。

大概是人性所致，长峰活下去的全部意义，从此就是为女儿复仇。他给追捕他的警察写了一封信，申明理由：伴崎未成年，而且，律师若主张他不是有意使绘摩致死，譬如是由于酒精或麻药的影响，正常的判断力受损，那就可能下一个怎么也算不上刑罚的判决。也可以想见，人们完全无视受害者方面的心情，主张把未成年人重新做人放在第一位。倘若在惨案以前，我也可能会同意理想主义者们的这类意见，但现在想法不同了。遭遇这种事，我终于明白“恶”一旦产生，永不消失。哪怕加害者重新做人——如今的我断言不会有这种事，但即使万一有——他们造成的“恶”也留在受害者心中，永远侵蚀心。

复仇者不只长峰一人，还有出租车司机鲇村，他的女儿被那伙少年奸污而自杀。长峰在追杀中还得到一个女人的同情与帮助，但最后也是这女人摇摆于莫须有爱情与无情法律之间的一声呼喊使他未能及时射出子弹。少年们的动机是奸污，而受害人的死属于意外，甚至是本人的选择。为复仇而追杀罪犯却是个犯罪过程，而且是动机明确的犯罪，为法律所不许。听说乌鸦也记仇复仇，或许报复不只是人的本性，甚而是动物的本能。到底什么叫人性，难以有明确的定义。概念的含糊可能使一个词法力无边。所谓人性，常常显现在破坏纪律、触犯法律的行为之中。警察追捕犯人是工作，是任务，但作为人，警视厅搜查一科的年轻刑警织部也憎恨少年们的罪行，理解受害者亲人的复仇心理。在这场螳螂捕蝉黄雀在后的追杀与追捕中，警察便处于两难，刃是彷徨的。

织部的上司久冢感叹：警察这东西是什么呢？是站在正义一边的吗？不对吧。只是抓犯法的人罢了。警察并不是保护市民，警察要保护的是法律。为防止法律被损害，拼命地东奔西走。那么，法律就绝对正确吗？如果是绝对正确的，为什么频频修改？法律不完善。为保护不完善的东西，警察干什么都行吗？践踏人的心也行吗？究竟谁能对孩子被杀害的人说，因为是法律规定，你就忍了罢。

听了这一番话，读者也可以断定，一再打电话把菅野的行踪泄露给长峰的正是这久冢，暗中在支持复仇。长峰想，既然是我们生出菅野这样的人渣，就该由我们来善后。善后有各种方法，也有人使用“重新做人”这个词，但他只能认为用人的力量把社会这个系统造成的怪物变回人是不可能的。长峰紧握着猎枪逼进菅野。虽然他也曾怀疑，当仇人就在面前时，自己能不能手指用力，扣动扳机，但织部在他背后开了枪，为保护罪犯。

东野圭吾在《自作解说》中写道：“复仇是违法的，但世上有让人想认可它的案件。警察要逮捕想复仇的人，但他们的真心怎样呢？这种念头就是写这个作品的契机。题材是少年法，但不止于此，觉得今天的法律很多都像是在保护罪犯。”推理小说家好在小说中给读者出法律题、道德题，读者也就不能不沉思，给予法律或道德的答案。

当鲜血染红了长峰的后背，我不由地希望，像好莱坞电影那样，他的子弹也飞向仇人，人性与法律两立，皆大欢喜。想象力如此之俗，当不了小说家是无疑的了。那么，中国作家会怎么写呢？想起了一个电视连续剧，因为没耐性陪着它连续，看得断断续续，大约内容是有个叫顺溜的，为完成狙击任务，眼看着姐姐被鬼子强奸，又连同姐夫一起被杀害。他一心要报仇，但纪律高于一切，任务压倒一切。最终找到了仇敌，日本却就地投降，于是他顺溜大义，家仇混在国恨中一起化解了。

两难的问题，我们解决起来并不难。

关于多崎作的作

我不大看年轻人写的小说，因为人老了，不好意思看，犹如不好意思在涩谷一带游荡。却也不爱看老家伙写年轻人，因为总不免带有卖弄与教训。偏偏日本人特别恋高中时代，作家也爱写，年过六十的村上春树亦未能免俗，听说他的新作《不带色彩的多崎作和他的巡礼之年》就是写高中故事，先就不想读，更不打算买。却不料偶然提及，把书名译错了：人家叫多崎作，我译成多崎造。村上用的是日文假名，对于非汉字不可的中文就有点添乱。这本小说山洪暴发般畅销，读过的人指正，并明示出处在原书95页。于是去书店翻到那一页，却没有发现，不好意思站着读下去，违心买了书，从头读起来。好在村上小说容易读，没滋没味地读到59页，有了，原来数字搞颠倒。

村上笔下的人物大都有搞怪的名字，做一番解说，就写出几页稿纸。前一本《1Q84》写了一通青豆这个姓，而这本《不带色彩的多崎作和他的巡礼之年》写的是多崎作为什么叫他“作”。

多崎作高中时有四个朋友，他们“具有偶然的小小共同点”，就是姓的姓都带色儿，两个男生姓赤松和青海，两个女生姓白根和黑野。不消说，这偶然是作家故意制造的。多崎作在大学里总算交了个朋友，姓灰田，也带色儿。唯有多崎作的多崎这个姓没色彩。他是个没有色彩的人，没有个性或特征。

关于多崎作的作，村上写道：

> 世上的人大约一半对自己的名字不满意，作在杂志或报纸上看到过这样的统计，但他本人属于幸运的一半，至少对这个被授与的名字没觉得有不满。不过，他捉摸不出来被起了其他名字的自己，或者那样的自己可能走的人生。
>
> 本名是“多崎作”，但只要不是正式的文件，一般就写作“多崎つくる”，朋友也认为他的名字是平假名的“つくる”。只有母亲和两个姐姐叫他“さく”

或“さくちゃん”，因为平常容易叫。

起这个名字的是父亲。好像父亲实际上从他出生很早以前就决心把第一个儿子的名字叫作“つくる”。不明白缘故，因为父亲是长年在与做东西的行为不沾边的地方度过人生的人。或许他在某个时候接受了什么启示似的东西，或许伴随无声的雷鸣，看不见的电光把“つくる”这个词鲜活地烙印在他的头脑里。关于这名字的由来，父亲一次也没说过，对作，或者对其他人。

但名字“つくる”写作汉字是“创”还是“作”，父亲好像曾大为困惑。即使同样读，字所造成的形象也大大不同。母亲揣摩“创”，但父亲深思熟虑好几天，结果选择了更俗气的“作”。

父亲葬礼之后，母亲想起了那段经过，告诉了作。“你父亲说，给起个像‘创’那样的名字，恐怕人生的负担就有点重。‘作’同样读つくる，本人会轻松罢。反正你的名字，你父亲真用心考虑了，也因为是头一个男孩子罢。”

懂事以来，作几乎没有跟父亲亲密的记忆，那也不能不赞同父亲的见解。“多崎作”比“多崎创”当自己的名字肯定更合适。因为独创性要素什么的，在自己身上基本看不见。然而，要说“人生的负担”因此就轻了一点，那是他不好判断的。也许由于名字，承担的负担形状的确变了一点点，但至于重量，怎么样呢？

多崎作去东京上大学，大二的时候回老家名古屋探亲，那四个带色彩的同学突然都避而不见，不再理睬他。为什么？读者心里悬起这个念，就完全是捧读推理小说的感觉了，即便他主题是探究孤独时代的交流可能性。十六年后，多崎作交了一个女朋友，叫木元沙罗，“第三次约会时，饭后去他的房间性交了”。多崎作听沙罗说教：你心里有问题，要解决就必须面对过去。于是踏上了寻旧之旅——巡礼。

村上给作品取名向来爱借用现成的，这回是弗朗茨·李斯特的乐曲集《巡礼之年》；多崎作听的是俄国钢琴家拉扎尔·别尔曼演奏的，“平静的充满哀切的音乐”。

村上春树与雷克萨斯

2013年诺贝尔文学奖又没给村上春树，日本人很生气，要知道，他获奖可以带来一百亿日元的经济效益呢。或许以前川端康成和大江健三郎先后获奖都有点让日本人意外，意外之喜，而村上是他们认为早就该得的。至于理由，无非在日本畅销，且走向世界，何止韩国及中国的两岸三地，连欧美也颇多粉丝，盛况仅次于漫画。为啥偏不奖村上，那理由就只有评委知道了。这个大奖越来越政治，但尚未大众化。人家不给也不能抢，后果算不上严重。酒还照样喝，可能小说只读过村上的“村粉”们举杯：跟你丫死磕，获奖待来年。

村上的小说真是有销量，除了一些漫画单行本，无与伦比。曾有人这样评说：“村上抓住猜谜索隐、电子游戏培育的世代的感觉，把很多的谜、惊悚加进作品里；又抓住指导性世界观丧失的时代的感觉，作品中导入了神秘的、超现实的现象或空间。但是，现在这样的混乱世界早晚会崩溃，一定再回到素朴的时代，这大体是历史的必然。”实际上，村上的好些读者未必称得上读者，有人把买村上或读村上当作时尚，也有人读村上不是读文学，甚或不是读故事，而是拿它玩游戏，寻谜解闷儿。把村上文学捧上天的评论很多也不过以解谜为能事，无限地近乎电子游戏“攻略本”。

村上春树1979年以《听听风的歌》出道，评论家丸谷才一说：尽管这是在现代美国小说的强烈影响下创作的，但如此自在而巧妙地脱离了现实主义很值得注目。可村上却“想写纯粹的现实主义，觉得不写一个百分之百的现实主义就不能上一个台阶”，1987年就出版了“100%的恋爱小说”《挪威森林》，大获成功，形成了旷日持久的村上热。1980年代“次文化”勃兴，争夺话语权，这时出现了村上小说，既不像纯文学又不是大众文学，既不是美国小说又不像日本小说，充当“次文化”文学再萌不过了。村上是不爱出镜的明星，不搞签名的偶像。2013年恍若重返“素朴的时代”，又出版了一本现实主义小说《不带色彩的多崎作和他的巡礼之年》。

故事很简单：主人公叫多崎作，名古屋人，高中时代有四个好友，两个男生姓赤松和青海，两个女生姓白根和黑野，唯有多崎的姓里不带色儿。他考上东京的大学，总算交了个朋友，姓灰田，也带色儿。二年级时回乡，老同学都不理他了。为什么呢？心里总是放不下，郁闷不已。十六年过去，女友开导他直面过去，也就是回一趟名古屋，破解当年大家跟他绝交的原因。先造访"青"色儿的，他在雷克萨斯展销店工作。

村上用和式现实主义手法不厌其详地描写雷克萨斯展销店，对于其"现实性"，我倒是有体验为证。常去的是东京的"雷克萨斯晴海"，事先打电话约好，车开到门前，已有人恭候。上楼，收发的年轻女人抬起头，脸上已堆满笑容，但黑发没有像名古屋那样挽在头顶，以显示细长白皙的脖子。日本女人这种发自内心般的笑容每每让来自中国的男人受宠若惊，甚而以为对他有什么意思。几乎原样地体验小说所描写的场景，乃至与小说家同感，不正是粉丝们仰慕而追求的境界么。《不带色……》上市，第一时间里就有人去寻找这家雷克萨斯展销店，据说在名古屋市千种区星丘元町。村上写东京，因为他住在东京；写神户，他是在那里长大。《不带色……》写到名古屋，这让名古屋人兴奋。不过，他没描写名古屋的景物，没有用方言，简直是不带色彩的名古屋。之所以是名古屋，莫不是因为制造雷克萨斯汽车的“丰田”就在这名古屋附近。

小说家撒下鱼饵——谜，愿者上钩，但那个灰田同学不辞而别，就没了下文，也像是小说出了漏洞。《1Q84》里充满了音乐，特别是古典音乐，乐迷们在字里行间寻寻觅觅。有音乐公司汇集小说中各处涉笔的十八首古典乐曲发行了一张CD，叫《小说中出现的古典音乐》，销路可观。还有CD期刊搞特辑，《围绕村上春树的100张CD》（题目仿村上的小说《围绕羊的冒险》），分析村上喜欢的音乐啦、为什么这个乐曲在小说的这个场面里出现啦。不管他作家有意或无意，这样的小说就像为商品做广告。正是自1980年代以来广告商不再单纯地介绍商品的性能，努力从商品中发现“故事”，使“故事”或者“传说”乃至“神话”成为最大的商品价值。广告和小说在“故事”上找到了接点，握手言“商”。抻长了脖子期待村上出新作的，与其说是读者，不如说是音乐公司。果然，《不带色……巡礼之年》又促销了《巡礼之年》的CD。还没听说雷克萨斯展销店是否顾客盈门了，反正诱我换新车我不换。

从日本小说里读到商品信息、旅游指南也是一大乐趣。时有中国粉丝不远千里来“巡礼”，川端康成住过的温泉，岛田庄司的八幡平，东野圭吾的新桥。多崎作喜欢观望车站，小说家最后给他拿出十几页描写巨大的新宿站，你若来游，也不妨去观望一下，想想多崎作为什么总是上新宿站九号线和十号线的站台，坐在长椅上观望呢？

城市中的推理，推理中的城市

江户川乱步，这个笔名是埃德加·爱伦·坡的谐音。

一般把埃德加·爱伦·坡推崇为推理（侦探）小说的鼻祖，第一个作品是短篇《莫格街谋杀案》，发表于1841年。他是美国作家，推理小说蔚为大观却不是在美利坚，而是大不列颠，自1840年代末柯南·道尔的福尔摩斯广受欢迎，这种新兴的文学样式基本上定型。英国迄今是推理大国。各国有各国的特色，英国的正统推理，美国的冷酷，日本的社会派，而德国、爱尔兰几乎不出产推理小说。日后有推理女王之称的英国小说家阿加莎·克里斯蒂在美国出版处女作《斯泰尔斯庄园》的1920年，日本创刊了《新青年》杂志，三年后刊登江户川乱步的处女作《二钱铜货》，不仅在日本，而且可以说在东方，出现了“不次于外国作品的侦探小说”。

推理小说在日本勃然而兴，比欧美推理小说的盛行晚了半个多世纪，原因何在呢？即在于日本城市近代化落后。推理小说是近代城市的产物。日本在1920年代（大正九年至昭和四年）为造就推理小说备好了两个条件，那就是城市与读者。城市是人工的，也成为艺术表现的对象。一个城市就是一个世界，描写城市就是描写世界。英国推理小说家、评论家切斯特顿说：推理小说的第一的本质性价值在于它是表现城市所具有的某种诗一般感觉的最初而唯一的大众文学。爱伦·坡住在美国费城，推理的舞台则设定在世界第二大城市巴黎。《莫格街凶案》言及大城市发展对推理小说的产生起到重要作用。福尔摩斯的侦探故事揭示伦敦这个城市的病理，而犯罪及其发生的环境的描写方法却基于环境决定论。以伦敦、纽约为人生舞台的作家、为小说舞台的作品数不胜数。

1920年代的东京，江户时代的木房子不断消失，钢筋水泥的建筑如雨后春笋，让转悠胡同的文学家永井荷风惋叹不已。东京不是像上海那样整个由欧美移植，而是追赶着模仿欧美的城市。虽不如美国经济空前繁荣，确立了大量生产、大量消费的生活方式，却也如急就章一般造成了近代城市生活的空间。1920年日本第一次过五一国际劳动节，在上野公园开会，有一万多人参加。1924年银座开张了第一家百货商店“松屋”，1925年正式开始无线电广播，从汽车到女性化妆都是在这个年代普遍化。“上班族”、“职业妇女”之类新词语流行，衣食住行西方化，东京、大阪等大城市形成中产阶级。无休止地集中人口，城市日益巨大而复杂，也产生城市风俗及传说。

表面的灯火辉煌与阴暗背面的犯罪构成近代城市的特色。犯罪是城市的印记，也是大众传媒的卖点。犯罪发生在人与人的接点，人聚集之处。城市里没有乡村那般的热土人情，人口过密，频繁跟陌生人接触，但人际关系是冷漠的。生活条件恶化，贫富差别扩大，到处是令人垂涎的物资。各种各样的城市型犯罪为推理小说提供取之不尽的素材。与一般小说相比，推理小说与特定的时代、社会以及特定的阶级、集团的关联极为密切。走在乡间的小路上，人们感动的是田园风光，或许经过坟地会产生恐怖小说罢。但在城市里，无机质的空间处处让小说家疑心生暗鬼，悬想高楼的死角，抱着黄金飞。日本是世界上治安最良好的城市，日本人为之骄傲，但是在推理小说家的笔下，东京都内环行的山手线几乎站站发生过凶案。城市是推理小说的用武之地，冷酷行为发生在街头，正统推理在室内进行。任何小说在现实主义地表现城市上似乎都不能不带有推理小说的色彩，譬如村上春树的《不带色彩的多崎作和他的巡礼之年》，譬如王安忆的《长恨歌》。

推理小说甚而被称作“教授的文学”，因为读推理小说需要知识，还需要有经济、时间及精神的余裕。近代城市为推理小说造就了这样的有闲阶层。即便像松本清张那样走大众路线，每每把刑警的智能水准设定得低于读者，例如《点与线》拘泥于火车时刻表，就是不想到飞机，读者也需要跟小说家斗智。一般小说特别是所谓纯文学几乎会“无视”读者，但推理小说成立的前提却是以读者为“对手”，又好似联手破案。细致观察、正确表现是推理小说与读者的契约。不过，也写过长篇推理小说《不连续杀人案》的无赖派作家坂口安吾曾批评：“日本的侦探小说有过于炫学之处。”社会派推理拥有众多消费者，但是以解谜为能事的正统推理其实是一种小众文学。

江户川乱步写道：“对于信步流浪的人来说，东京市是永远走不到尽头的迷途。”东京的街区大致可分为山手（台地）和下町（低地），“遮蔽山手的老树和流经下町的河是东京市拥有的最贵重的宝贝”（永井荷风语）。1925年江户川乱步在《新青年》上发表《D坂杀人案件》，D坂是团子坂（Dangozaka）之略，坂在东京的文京区，乱步和两个弟弟在那里开了一年旧书铺，叫“三人书房”。经营不景气，他就在铺子里耽思推理小说，歇业后潜心创作，主要作品大半是1920年代问世的。东京始终是推理小说策源地。横沟正史即便把场景安置在东京周边，也意在写战败后城市的荒废。久生十兰《魔都》的地下迷宫，松本清张《点和线》的列车时刻表，高村薰《柿色》的街道工厂，宫部美幸《理由》的老街风光，岛田庄司《火刑都市》的城市论，大泽在昌《新宿鲛》的红灯区，东京的什么地方还没被小说家写到呢？

1929年有四家出版社各自刊行推理小说全集。一时间盛况空前，也就免不了粗制滥造，连江户川乱步也雇人代笔。1927年芥川龙之介仰毒自杀了，他对将来感到漠然不安。法西斯的军靴声越来越响。无法无天则无理可推，推理小说的发生及发展以法律制度、警察组织等随着城市成熟而相应地完备为背景，是法制下的文学，并坚守着惩恶劝善的传统宗旨，但它培养猜疑心和解谜能力，尤其为独裁政权所不容。江户川乱步的作品经常被删改，乃至整个取缔了《芋虫》，他只好搁笔。热闹十多年的推理小说热退潮了。推理小说复兴，人们对推理小说的热情持久不衰，是战败后的事情了，推理小说史步入了现代。比美国晚四分之一个世纪，1950年代中叶也出现了冷酷推理。

任君知日写好书

如果对日本感兴趣，想要了解它，大概有两个法子：一是办签证、买机票去那里看看；再就是读书，日本人写的、中国人写的。有关日本的知识，大多数人是从课堂、影视、书本、道听途说得来的。我久居日本，对日本略知一二，这个知也大都得自书本。譬如艺伎，照搬日语则写作艺伎，让人联想到娼妓，两者是不同的行当，娼妓属于非法经商，而艺伎被国家呵护，虽然其招摇卖艺不卖身，也不无提高身价之嫌。民族学家梅棹忠夫曾指出：“京都的艺伎、舞伎本来是京都资本家挥金如土，精致培育的极特殊的玩物。”这玩意儿以及相扑，即便用东方文明的眼光来看，也早已是没落文化，当今更气息奄奄。日本却当作脸面似的传统文化向世界宣扬，甚至如任知所言，“已化为国际读解日本的文化符号”。可它自己的国民究竟有几个招过伎呢？那是要大费缠头的。我只是在街头看见过袅娜内八字走路，在场内观赏过轻盈伸胳膊舞蹈，多少知道了一点底细，不接生客云云，全是从书里读来的。

在我看来，一本书对于读者首先是有没有用的问题，所以古人云，书到用时方恨少。至于好与坏，往往是道德判断，甚而基于政治标准。我向来不相信一本书能改变人生之类的鬼话，除非某人生的大小厚薄还不如一本书。为我所用的是有益而有趣的书。我很少读小说，觉得它有趣而不大有益，厚厚的一本读完了很可能只是浪费了时间，却不能像衣服不合身一样退货，也无处喊冤。论著有益而无趣，也不免敬而远之，人按常识过日子即可。任知的这部书稿《东瀛文人风谭》我读得兴味盎然，也颇有裨益，即谓之好书。像吃到了美味，告诉朋友们，但到底怎么美，还得您自己去品味。

我比较信书。世上的事物自己看，可能看走眼；别人说，可能是信口开河。譬如我不懂京戏，几乎从未进剧场看过，日本人问我，若说不懂，人家反倒要奇怪，除非遇上爱好者或研究家，我就是再不懂也比他们懂，《红楼梦》所谓“没吃过猪肉，也见过猪跑”（如今吃过猪肉没见过猪跑的多了去了，胜过远庖厨），于是讲京戏如此这般，弘扬了一番中华文化。反过来问日本人，亦然。写书总应该严谨些，况且被一审再审乃至三审过。当然，尽信书，则不如无书。如书名所示，《东瀛文人风谭》大部分内容描述很有点无行的“文人”。若只是资料控，或许像獭祭鱼一样简单地罗列资料，我们也就只求其详实，而任知君别具鉴别的学识与选取的眼光，剪裁得当，他也不盲从权威。例如江藤淳是研究夏目漱石的大家，在夏目漱石与嫂子的关系上，作者就不取他的乱伦之说。貌似狷介或憨厚的评论家搞起兄嫂或弟妹之类的八卦来，也是会眉飞色舞的。

此书最后一部分《东瀛文化的浮生雅趣》像札记，从茶道、香道到电影、电视剧，用“浮生”与“雅趣”为日本文化点睛再恰当不过了。在王朝时代，雅趣是贵族之趣，雅的是中国文化。从中国拿来文化，先是在贵族或寺庙的大缸里发酵，然后再传入民间，也就是进入了日常生活，亦即作者言：“将之化为生活的艺术，从贵族拓展到平民生活的细节中。”什么东西被禅僧过了手，岂止茶，连盐渍萝卜也带有了禅味。茶道、花道等，在生活中的作用却是让人借以游离于庸碌的日常，暂且享受下雅趣。一间纯和风酒馆，门扉紧闭，看上去便有与世隔绝之感，进去则觉得别有洞天，而中国的餐馆仿佛更为了享受人间烟火。任君又写道："如今你到了奈良满目唐风汉韵，盛唐的灿烂文化和昔日雅致情调，被人和民族长期承继与浸淫，成为日本文化须臾不可分离的基本养分。"不过，真的去那里游览，中国人露怯的却正是不懂什么唐文化，思古之幽情可不是看过"大明宫词"就发得出来的。

作为中国人，看也好，听也好，对日本终究是旁观，有所感受乃至感动，感慨不已，恐怕有意无意的，都基于在中国活或活过的经验。中国是一个参照，同时恐怕也像是如来佛的手掌。每个人都具备自己的眼光。苍蝇也在日本飞，我惊讶它们之少，有人则写道："重大发现，日本餐厅的桌子上居然有一只苍蝇！为什么？"话里有话，跃然纸上的好像二花脸。常觉得好些人对日本的赞美或恭维言过其实。借人家的酒，聊舒胸中垒块也罢，打鬼借助钟馗也罢，说到底都不是平常心，终将造成个假象，虽然后果由读者自负。任何人以及由人合成的民族都是多面体，日本也是有背面的，喜爱可以由着你，把疤瘌看得艳若桃花也无妨，但走笔为文，意在给人看，就必须耐住性子，尽量写得全面些。

书是一种奇异的商品。买一件衣服，再好，通常也不会想象设计者、制作者，充其量记住那牌子，而书呢，读了觉得好，可能记住出版社，更要赞美那作者。作序就更得面对作者了，甚而作得像情书一样。但是也不能不面对读者，或许这才是最应该面对的。既不曲意奉承，也不替读者把作者打翻在地，却可能还有第三种情况，那就是作序者借人家的场子耍大刀，卖狗皮膏药。这好像说着我自己，那就不多说了。

书评……书为谁评

丸谷才一是书评家。他还有好些名头，如小说家、翻译家、文艺评论家，但我喜欢他的只是书评，而且在日本书评家里第一喜欢。

作为书评家，他有过遗憾，曾写道：

“在我的书评家人生中，没有评《色拉纪念日》和《东京 2008》是痛恨的大失败。对俵万智的和歌集当然要绝赞喽。那为什么稀里糊涂了呢？啊，是这么回事：那时候我在《周刊朝日》上写书评，这个杂志用特辑介绍万智，所以书评就作罢了。”俵万智的《色拉纪念日》大畅其销是 1987 年，整整二十年过去，还在为一本好书自己未予以推荐而耿耿于怀，这就是书评家应有的责任感。

我常常怀疑，好些写书评的人，叫书评家，或者叫书评人（这个称呼不知是以示另类，还是“书评家”也成了骂人话）的，从不寻思什么是书评，就像不少人在那里写绝句，却不曾问过什么叫绝句一样。

小说家石川达三说：“书评是文化批评，也是读书指导。”

当今书评起码有三种：一是发表在一般报刊上，高度概括地介绍内容，并加以评价，以引发读者的阅读欲望，且叫作报刊书评或大众书评；二是专业刊物上刊登的，大概可以拿去评职称，属于专业书评；三是网络上，任谁都可以写，就叫它网络书评。报刊书评是随着出版市场大众化而兴盛的，网络书评使书评更加大众化。

书评，通常指报刊书评。书评家处于生产与消费之间。据说，编辑是作者和读者的桥梁，这只有部分道理，实际上编辑跟作者是一伙，勾结起来掏读者的腰包。书评家秉公，传达书的魅力，使读者想读这本书。倘若是坏书，那就把矛头指向作者或编辑。丸谷才一对米其林的《东京 2008》难以释怀，是懊恼没有在书评版上痛加批评。书评家站在读者一边，为读者而评。推荐好书是他的职责，批评坏书是他的良心。净捡好听的说，就是为作者而写，无视读者。取悦作者或编辑的人情书评会丧失读者对书评家的信赖，并殃及报刊。对一些读者，譬如小资的，小清新的，拿一两句格言蒙他们，是迎合读者的书评。郁闷的书评，忽悠的书评，都不是好书评。媒体跟风，一本书被叫好就赶紧找人评，造成好评如云的现象，也不是为读者而评。只许说好话，限制批评，无异于绑架书评。

图书目录上也有内容介绍，那用不着书评家来写。书评家是鉴定家，鉴定好坏，给书发一张走向读者的通行证。书评由书与评构成。首先是介绍书的内容，需要有技巧。用很少的字数写出一部作品的梗概是至难的，写错了或者写不好，对于书评家来说是致命的。有人说，书评是信息，只要写清楚内容介绍就行了，不需要感想或批评。其实，内容介绍本身就已经有批评性。

书评要注意引文。不引用原作，可能给人一种空议论的印象，甚而置疑读没读过书。某美国书评杂志主编写下“书评八条”，第一条是“读那本书”，好像开玩笑，但没读书或者没认真读书就下笔千言的书评家不在少数。当然也不可引用过量，以致有凑字数、赚稿费之嫌。

有时还需要说明作者及主题的背景。然后是评价，告诉读者这本书值不值得读，为何值得读。评价显示见识与趣味，书评家的存在意义即在于此。不过，书评与评论不是一回事。评论是读过书之后阅读的，读者心里已经有探讨该书的意思，而书评是读书之前阅读的，读者要当作读不读该书的参考。文学尤其小说是读书的大宗，因而写书评的人多是文艺评论家，他们往往把书评写成文学评论。一般来说，书评短，评论长，但读者不同，功用各异，缩短的评论不是书评，加长的书评也不是评论。书评是对读者说话，而评论是对作者说话，甚而自说自话。一般读者需求的是书评，不是评论。报刊书评版热衷把书评写成评论，以为那才有水准，就莫怪读者拂袖而去。

书评家比评论家更多些用武之地，却也不能由着性子写，以致打消了读者的阅读兴趣。利用书评来炫耀自己的知识或聪明，是下品的书评。也不能挂羊头卖狗肉，拿人家的书当注脚，借以宣扬自己的主张。网络书评是一个近乎无法规范的广阔天地，能明显感受到写手的自我表现欲，多数都算不上书评，甚至被用来中伤、攻击。

书评讲究“艺”，技艺与艺术，要有可读性。好坏在于密度与深度，不在于长度。以为字数多才能写得好，字数越多就写得越好，那他就算不上成手或高手。写不好绝句，抱怨才四句，可笑之至。好的书评应平白、通达、有个性。不因为评的是政治内容而枯燥，评的是经济内容而艰涩。正因为被字数、读者对象等制约，写书评难于写评论。

丸谷才一推崇英国书评。年轻时发现英国书评跟日本不一样，读来很有趣，于是倾注了自己都吃惊的热情，打造日本的英国式书评文化。为三大报之一的《每日新闻》书评版当顾问二十年，2002 年创设每日书评奖，授奖对象为书评集，可说是初步实现青春梦。书评通过书对社会及文化进行定点观察，结集成书可以看历史，但出版书评集在哪里都不易。丸谷才一的书评思想及行动影响了整个书评界，乃至被称作书评革命。

一个人的读书量毕竟有限，正好借书评获得更多的信息和知识。比较专业的杂志，例如经济的，文章当然都有关经济，但唯有书评栏，不妨什么书都拿来评，给专业人士一个旁骛或博识的机会。不知道现今中学语文什么样，要是没有书评的话，那么我认为应选入。

跋 孤灯知日长留声

竺祖慈①

长声命我为他的《昼行灯闲话》作篇序，令我惶恐，且他自己已经为本书写有序言，我再附骥，会令读者开卷便有叠屋架床之感。责编同事知我此意，又不想拂了长声的意思，便说那就作个“跋”吧。日本的“文库本”在正文之后往往有篇文字，一般都叫“解说”或“后记（あとがき）”，大多是对该书的导读之类的内容，我想我的文字又难胜此任，一来自己绝无对长声的文字做诠释的能力，二来长声的读者对他文字的喜爱大概难容别人置喙。于是责编说那就随便写点你知道的长声老师吧。我想想也是，长声命我写序，无非是觉得我俩相识相交三十多年，

① 竺祖慈：编辑、译者，曾任《译林》杂志主编、中国日本文学研究会副会长。

却还不曾有过私人文字上的合作（以出版者和作译者身份而有的合作除外），想借这本书一了心愿。这么一想，便恭敬不如从命了。

我与长声相识于1982年夏末，刚入《译林》杂志任日本文学编辑不到一年的我去济南参加中国日本文学研究会的一个年会，某晚在会议招待所的楼梯上遇到他，经旁边的朋友介绍，知道他是吉林人民出版社刚创刊不久的《日本文学》杂志的编辑。我们握了手，然后去他房间聊了一阵，竟有了一见如故的感觉。现在想来，除了他的豪爽之外，大概还因我俩有太多的共同之处：同年生人（我大他几个月）、同为老三届中的68届高中生、同样有过下乡知青的经历、同一年入行当日本文学编辑，而且我俩的日文都由各自的父亲私授而非科班出身，更重要的是我们都热爱自己新的职业，享受自己的工作。会议期间我俩又抓紧机会聊了很多，大多是关于各自怎样在起步已晚的情况下抓紧在日本文学翻译出版方面做出点事情的“野望”。

自此，我和长声便开始了主要以书信为纽带的交往和友谊。济南会议的翌年，他陪我一起在日本文学研究和翻译力量集中的北京和东北走了一圈。他虽入行不久，但凭着自己的悟性和两年的投入，对于这一行的了解以及在行内建立的人脉关系已足以让我此行大有收益。我真正意义地踏入这个圈子，应该是始于此次北方之行。现在想想有点奇怪，即使在那个年代，无论是出版界还是文学翻译界，“同行冤家”的竞争已经显在，我俩之间却一直未存丝毫提防之心。近日翻阅了他近二十年之间给我的书信（前年见长声时我说电邮时代之前他的来信我几乎都保存着，他说自己亦然），发现我们一直相互通报着自己的选题设想、发稿计划以及手里较好的稿源等信息，相互对对方的信息评头论足，以至有时根据对方的需要而提供作者译者甚至稿件资源方面的援助。由于各自刊物的特点不同，再加我后来转为负责《译林》的日常编务而不能专注于日本文学，所以在日本文学方面，自然是长声给我（或说给《译林》）的帮助大得多。这也许是因为我们两家杂志的用稿需求有点错位，这种合作不会伤害各自的存在，而且我俩又对对方的行事风格以及对方的刊物抱着一种真正的欣赏，但我想更重要的是因为在长声的眼里，日本文学的译介出版作为事业，已超出一己或一社的局限，因着自己对这项事业的感情，急切地期望在经历了那么多年的禁锢和凋零之后，日本文学的译介出版能通过我们的共同努力而在中国结出更多的果实。这一方面体现了他的眼界格局，同时也体现了他的度量襟怀。那些年里，以长声为圆心，国内一批中青年日本文学编辑之间存在着一种很好的信任和合作关系，以至七家出版社联合出版了一套“日本文学流派代表作丛书”，共同确定选题，分工担任出版任务。在中国出版史上，此类完全没有政府背景的规模性合作行动大概是绝无仅有的。现在想起来，应该是长声以其人格魅力吸引和团结了一批志趣相投的同行，又以之为基础，在一定程度上实践了他尽快尽多地为日本文学的译介出版事业做些事情的抱负。

长声于《日本文学》杂志的重要性很快凸现，由编辑而副主编，实际负责和领导着这份刊物的工作，《日本文学》在中日两国间的影响也日益增大。他以自己的眼界和胸襟，超脱于当时国内日本文学界的门户对立以及种种是非，让东西南北的学者和译者都能在这份刊物上找到自己的一席之地。杂志的成功也鼓舞吉林出版社的领导产生了成立“中日文化分社”以及再办一个《今日日本》之类的想法，其中当然也应包含了长声的雄心。我从书信中看到了长声对刊物以及日本文学译介出版工作越来越多的设想，同时他的情绪化也越来越在书信中表现——成功或实现自己设想时的亢奋以及受挫或失误（例如某期刊物出现编校错误或读者反映不理想）时的沮丧。他在信中也常常为自己不稳定的情绪而反省，却又难以很好地控制。他一直有着自己的翻译计划和研究课题，例如“北纬四十度圈的文学——中国东北文学和日本北海道文学”之类。他关注过好几位北海道出身的作家，上世纪80年代前期便多次在信中跟我谈渡边淳一及其作品，这位90年代后期因《失乐园》而在日本和中国大红大紫的北海道作家当时在中国基本无人知晓，由此也足见长声眼光之超前独到。他想写点东西，也想多译点自己喜欢的作品，但是繁重的编务让他搁置自己个人的计划，这样的牺牲他乐于承受，因为那是他的事业。可是当年出版社的机关体制和作风让他觉得处处受到掣肘，错综复杂的人事关系又让这位只知谋事不知谋人的关东汉子无以应对，还有那缺少一份过硬学历的“软肋”——他在国内的最终学历好像是北大函授，学历层次的不足也是大多老三届知青为十年“文革”做出的时代性牺牲——更成为阻碍他做事和发展的充分借口。在他的来信中感觉到他的彷徨无助渐渐转为愤怒，这种情绪终于爆发，跟领导的正面冲突使他无法再在那个环境生存。1987年，他终于离开了那份浸透着他心血的刊物，不得不思考此后的去路。《日本文学》1988年被人承包，出了三期通俗、流行、推理小说专辑后终于停刊，中国从此再也没有日本文学的专门刊物。

亲眼看看日本一直是长声的梦想。他不止一次在信中跟我说：我们干这行，怎能不去日本看看。可是在上世纪80年代，即使是干这行，东渡也绝非易事，于是这位国内唯一的日本文学专业刊物的负责人，在其任上终于没能踏上过东瀛的土地。一旦离开了位子，没了羁绊，长声突然觉得是实现亲眼看日本这个梦想的时候了。他积极着手此事，并于1988年踏上自费旅日之途。走之前，他在给我的信中说："我给自己写了一副对联：'勤工观社会，博览著文章'，这就是我设想的旅日内容。为活命，不得不勤工，而借此地可以学习语言，体验生活，观察社会。在这个基础上，我想多多读点书，而读书的成果则表现在文章。我早就喜爱杂文、散文，当编辑以来又特别喜爱书话，总想自己也动动笔。我觉得译者们译介日本的东西是相当盲目的，对日本的图书出版，缺乏客观的把握和具体的了解。我打算像杜渐（香港《良友》主编，著有《书海夜航》等)、李嘉(原台湾“中央社”驻日记者,著有《日本专栏》)、周作人那样,写些有关日本的出版、图书、文化方面的小文章,或者可以叫‘东瀛孤帆’吧。读者可以借此了解日本图书出版,译者也可以从中选择可译之作。我自信写这种小文章是胜任愉快的……‘希望本无所谓有,无所谓无’。命运女神并不特别垂青我们,但似乎也没有彻底抛弃我们。我去日本,一不指望发财,二不追求文凭,去了就是收获。”

长声在后来的文章中不止一次引用过“勤工观社会,博览著文章”这副对联,以至百度百科“李长声”辞条中也有“自励‘勤工观社会,博览著文章’”的字样。这都是因为长声后来的一切都践行了这副对联所体现的旅日初衷,实现了给我的信中所提的种种具体设想,唯一不同的是后来给《读书》杂志开的专栏名为“东瀛孤灯”而非“东瀛孤帆”而已。

我不大问起长声在日本的生活状态,因为隐隐中觉得以他的粗放和直接,在细腻而暧昧的日本居住应该是大不易的,再加他来信时曾不止一次地说到自己的“さびしい(孤寂)”,而且力主我不要像他那样走自费旅日的路,从中不难体会到那段时间他的艰难甚至软弱。他语焉不详，我也不想提可能令他不快的话题，以至于对他在日的情况远不似在《日本文学》杂志时的情况那样有直接的了解，但是有些偶然得到的细节却始终难忘。1991年春，我随中国青年出版编辑代表团访日，一到东京，长声和我另外一位相交多年的老友就先后来我们下榻的新大谷饭店看我。那位当时在旅日华人圈已小有成就的友人满眼血丝，一脸倦容，告诉我说为了赶一批翻译活儿已经两夜没怎么合眼了，他说在日本他基本上是有活就接，有钱就挣，我想这大概也是那时大多在日华人的状态。逾日日本接待方安排全团去迪斯尼乐园活动，长声让我请假，由他陪着在东京走走。在宾馆大堂看见清洁工在擦拭玻璃，长声对我说他也干过这活。我想这应该也是许多华人赴日初期有过的经历。长声却又说：后来接到一批翻译活儿，一笔够他生活一段时间的收入，他交活儿后就啥事不干，闭门看书了，直到花完这笔收入。我立时想到当时流行的谌容的小说《散淡的人》，这“散淡”二字却又不是一般人能达到的境界，包括我那位已小有成就却还“有活就接”的友人。长声初去日本时曾有一信提到：“日本书价高，车费（主要是跑书店和图书馆）贵，是我的两大开支，真要命，别人可以不买书，我却按捺不住；别人可以逃票，我却做不来。”字里行间透着读书人的执着和无奈。赴日两年后与我在北京见面，问他有没有回来的打算，他说回来没那么多书可看，日本的书真好，啤酒真好！

长声在日二十余年，没拿任何文凭也没发财，十多年前对此不解甚至不屑者还大有人在，他却依然故我，践行着“一不指望发财，二不追求文凭，去了就是收获”的信条，兀自读书著文喝酒。我总觉得，国内的那段编辑生涯于他来说曾经是事业、是追求，但也是某种意义上的奉献甚至牺牲，给他带来了理想与实际的冲突，带来了焦躁与彷徨，究其原因，可能是个性与体制之间的龃龉，而个性又宿命地无法摆脱体制环境所致。在日本，他却大致可以作为一个纯粹的读书人存在，虽然可能有过生计方面的问题，但一旦基本的生存条件得到解决，他就可以凭着自己的志趣闭门读书、著作，比起当年做编辑时平添了颇多从容和淡定，心无旁骛地一步步实现着一个读书人的梦想。如今，长声的著作文章一篇篇、一本本地在两岸三地问世，甚至被誉为知堂老人之后的中国第一知日作家。以他今日之成就，终于没人再去考究他的出身和学历。长声是性情中人，但在豪爽之外，却又有着一种来自骨髓的谦和，即便在醺醺之余，也很难听到他关于自己业绩的自矜以及与名人大家交往的炫耀，而淡淡的自嘲倒常常成为他在文章中或酒桌上的话题（本书的序言就体现了这种自嘲精神），这一切都更让这位六十多岁的“初老”文人平添了几分可爱，让他拥有越来越多的“粉丝”。这些年他每次返国都会忙于各种文场的活动和应酬，以至日程排得满满，即便他在日本时，若晚上与他联系，也常常说是在饭桌酒场上。长声爱酒，也不止一次在文中提到自己的爱酒——这本《昼行灯闲话》就有篇幅谈到他在日本专门慕名到某地访酒——以至对酒的不忍之情战胜了对糖尿旧疾的恐惧。记得二十多年前我们一起去中国作协的陈喜儒兄家蹭饭，桌上酒瓶见底之后，长声开口向女主人要酒，令女主人又惊又喜，惊的是从来没见过主动索酒的客人，喜的是如此宾至如归，自己忙也值得。

我一直觉得，长声的随和与今日身边的热闹还是掩盖不了他内心的孤独，这种孤独感大概一部分与生俱来，一部分则来自多年独身一人的东瀛生涯（妻子退休后终于可以常去日本陪伴），以至“孤帆”而“孤灯”，孤清之感越发不可收拾。我又觉得，这种孤独感对长声又是必要的，否则怕就没有了他这么多年的苦读（也许对长声来说“苦”字用得不妥）以及之后的厚积薄（或可作“勃”）发。今天见了他为此书所作序文，觉得更契合了我素来的这种感觉。文中说：“我喜欢孤独，在孤独中发现自己，认识自己，也只有在孤独的天地里唯我独尊，才敢于做一点自己想做、爱做的事，乃至没工夫寂寞。所以，孤独地写下这些字，虽然是闲话，却不是为排遣寂寞或打发余暇。”

为完成这篇“跋”文，我把《昼行灯闲话》读了几遍，以不至成为长声在本书《书评……书为谁评》一篇中批评的那种“没读书或者没认真读书就下笔千言的书评家”，结果却还是写出了这篇与本书内容关系不大的文字。好在事先有责编的认可，自己也觉得写下这段文字时，三十多年相交如水的往事又一一浮现，珍惜之情油然而生。长声在序言结尾说：“老之已至，又适有归国潮，叶落归根，胡不归？”作为老友，我也希望他叶落归根，能如他去年在邮件中对我所说的：“人老了，格外怀旧，很希望能结伴一起走走……”

长声兄，胡不归？唯愿归来后仍能文思如涌、下笔如神，不负读者，亦不负腹中书卷！